嘘の花が見える地味令嬢は
ひっそり生きたいのに、
嘘つき公爵の求婚が激しすぎる

藍井　恵

✦

Illustration

天路ゆうつづ

嘘の花が見える地味令嬢はひっそり生きたいのに、嘘つき公爵の求婚が激しすぎる

contents

プロローグ

ドワイヤン伯爵家の次女、リディには、ほかの人には見えない花が見える。

その花は、誰かが言葉を発したとき、その人の近くに舞い落ちる。しょっちゅう花を出す人もいれば、全く出さない人もいた。

幼いころ、この花が、自分以外の人にも見えているものだと思って、周りの人に『あの花はなんという名前なの』とか『きれいな花ね』などと言っていたのだが、いつも、花などどこにもないと気味悪がられて終わった。

この花はリディにしか見えない。

幼いながらも徐々に、その事実を受け止め、見て見ぬふりをするようになっていった。

その花が、人が嘘をついたときにだけ現れることに気づいたのは、いつのころだろうか。

そう。誰かが嘘をつくと花が散る——。


あれはリディが六歳のころ、嘘の花が見えるのが自分だけの能力だと自覚したあとのことだ。

王宮の庭園で、王太子の十六歳の誕生日を祝う、六歳以上の貴族の子女を招いたパーティーが開かれた。王太子はその年、社交界デビューして大人の仲間入りをしたので、リディが招かれたのはこれが最初で最後となる。

子どもたちのパーティーとはいえ、母親が付き添いとして参加しており、夫人たちはテーブルに着いて、主催者である王妃を中心に歓談していた。

そこは、今まで見たどこよりも嘘の花で満ちていて、リディはそら恐ろしくなり、人のいない庭のほうへと足を踏み入れる。

すると、大きな木の下に、金髪の男の子が立っていた。彼はリディを認めるやいなや、木の洞に入れていた手を素早く取り出す。

——今、何か隠していた?

「そこに何があるの?」

リディが問うと、彼が神妙な顔をしてこう言ってくる。

「蛇の巣だよ。毒があるから近づかないほうがいい」

リディは、一瞬ギョッとして後退ったが、彼の周りに、ひらひらと青い花が舞ったので、すぐに嘘とわかる。

——何か見られたくないものがあるんだわ。

そう思ったが、リディとて、パーティー会場から離れたところにいる不審者である。道に迷ったふりをすることにした。

「あの～、ほかの子どもたちは皆、どこにいるんでしょう？」

「連れていってあげるよ」

彼が笑んだ。嘘くさい笑みだ。

連れていかれた先には、もこもこと緑をつけた大木があり、その下に広げられた敷物では、何十人もの子どもたちが王太子を囲んでお菓子を食べながらおしゃべりに興じている。

さしずめ、子どもたちだけのピクニックといったところだろうか。

女の子のほうが多く、とりわけ王太子の近くは、彼と歳の近い女の子たちでぎゅうぎゅうだった。

敷物に座る子どもたちを見渡すと、端っこのほうに、八歳の姉、オフェリーが同年代の女の子たちと集まって座っている。

敷物は子どもたちでいっぱいで入る隙がない。さっきの金髪の男の子はどうするつもりかと振り返ったら、いつの間にかいなくなっていた。

仕方ないのでリディは、少し離れた芝生の上に座って見物することにした。

王太子が立ち上がって皆に、こう告げる。

「今日はおもしろい余興を用意した。鉱物の当てっこクイズだ」

「まあ。当てられるかしら。楽しみですわ」

「さすが殿下、私たちが喜ぶことをよくわかっていらっしゃいます」

王太子を囲む女の子たちが口々にそんなことを言って場を盛り上げると、噴水のように花々が噴き出した。リディが一度にこんなにたくさんの花を見るのは初めてだ。

つまり、年長の女の子たちはクイズになど、これっぽっちも興味がない。

――〝お姉様〟ともなると、大人みたいに嘘だらけになるのね。

それともこの王宮という場所が、人に嘘をつかせるのだろうか。

侍従がトレイを手に、王太子の横でかしずく。トレイがテーブルの替わりだ。

トレイには白い布が掛けられていて、その上に色とりどりの石が並んでいた。

「研磨すれば宝石になる鉱物ばかりだ。当てた者には進呈してやる」

すると、周りの女の子たちが、きゃあきゃあと盛り上がる。

王太子が鉱物を手に取ろうと、トレイに手を伸ばしたが、その手が止まった。

「減っているじゃないか！　三つもなくなっているぞ！」

王太子が怒声を上げたので、侍従たちがおろおろし始める。

「ずっとあそこのテーブルに置いていたのですが……」

「ちゃんと見張らないか！」

王太子の怒声に、リディはビクッと怯(おび)えた。

――さっき、あの子が木の洞に隠したの……もしかして？

王太子が、忌々(いまいま)しそうにこう告げる。

「つまり、この中に、俺にいやがらせをしたやつがいるってことだ」

ほかの子どもたちも震えあがっていた。

そのとき、さっきの金髪の少年が立ち上がった。いつの間にか、敷物に座っていたようだ。

彼は大胆にも王太子に向かって、こんなことをしれっと言ってのける。

「さっき、カラスを見かけたので、もしやカラスの仕業ではありませんか?」

そのとき、彼の周りにぱらぱらと青い花が散った。

つまり、鉱物を持っていったのはカラスではなく、彼だ――。

――この人、すっごく悪い人だわ。

ほかの子や侍従も、そういえばカラスを見たと口々に言い始め、王太子が腑に落ちたような顔になる。

「そういえば、カラスは求愛行動で光る物を贈ると聞いたことがある。見事に透明感のある原石ばかり選んでいるな」

王太子が小さく笑ったので、皆が安堵の表情になった。

「僕が、カラスの巣を探してきます」

あの男の子の周りに再び青い花が舞う。彼は探す気など、全くないのだ。

「俺は王太子だから、ここで皆を楽しませてやらないといけない。頼んだぞ」

「はい!」

「僕もお手伝いさせてください」

男の子たちが次々と立ち上がって、彼とともに消えていった。

彼らがいなくなると、王太子が「我が国の騎士たちは令嬢想いだな。私たちは楽しむことにしよう」と、満面の笑みを浮かべた。

皆、王太子は博識だとか優しいとか誉めそやしているが、花がどさどさ降っている。さっきの王太子の怒りを目の当たりにして、腫れ物を扱うようになっていた。

王太子は人の心が全くわかっていないと、リディは子ども心に思う。

やがてパーティーがお開きになると、リディはどうしてもあの木が気になり、見にいくことにした。

すると、あの金髪の男の子がいて、リディに微笑みかけてくる。

「ここの蛇は追いやったから、もう大丈夫だよ」

またもや青い花が散った。

つまり、ここにあった鉱物はもう他所に移したので、中を見られても問題なくなったということだ。

――いたずらっ子は、こらしめてやらないと！

「あなたが王太子殿下を怒らせたから、あのあとも、みんなパーティーを楽しめなかったわ」

彼が、幼い子に向けるような、にっこりとした笑みを浮かべた。

「怒らせるどころか、場の雰囲気をよくしただろう？　カラスの巣から、きらきらした石を二個も取り返したんだよ」

――こういうの、知ってるわ。お兄様が『やらせ』って言っているのを聞いたことがあるもの。

「誰も怒られてほしくないから、このこと、私、黙っているわ。でも、どうせつくなら、人が幸せになるような嘘をついてよ」

「人が幸せに？」

「そうよ。ときどきいるわ。人を楽しい気持ちにしたくて嘘をつく人」

「人を楽しませるため？」

「ええ。お兄様はよくお祖母様(ばあさま)を喜ばせるために、自分はみんなから尊敬されている、こんなふうに褒められたって嘘をついているわ。そのたびに、お祖母様はとっても幸せそうなお顔をなさるの」

「人気者じゃないんだ」

彼の声は笑いを含んでいた。

――しまった。どうしてお兄様の言っていることが嘘だとわかったか聞かれるとまずいわ。

今までこんなことが何度もあって、大抵、リディがほら吹きだと思われて終わった。

「え、えっと、そう……だって、お兄様は、ただのお調子者だもの！」

彼が笑い出した。今までと違い、屈託のない笑みだ。

――こんなふうに笑えるのね。

「そうだね。嘘は人を幸せにするために使ったほうがいい。君の言う通りだ」

こんなにあっけなく年下の女の子に同意してくれるとは思ってもいなかったので、リディは拍子抜けしてしまう。

「リディ、リディ」

母の心配げな声が聞こえてきて、リディは慌てて「さようなら」と告げ、踵（きびす）を返す。

この日の王宮での体験は、社交界は嘘にまみれた怖いところだとリディの潜在意識に刻まれ、彼女が成長したのちも消えることはなかった。

第一章　人たらし王弟と引きこもり令嬢

ドワイヤン伯爵家の次女リディは、机に向かって手計算をしているとき、そこはかとない幸せを感じる。算数の答えはひとつだ。そこに嘘はない。

計算が終わり、リディは手を掲げて伸びをする。

リディ提案の乾燥対策を施した五つの農園の収穫量が、平均して前年比一一二％という結果を叩き出していた。

うまく行っているような気がしていたが、数字は正直だ。リディのやり方が間違っていないと教えてくれた。

リディは十八歳の令嬢である。

普通なら、社交界で結婚相手を物色している年頃だが、リディは普通ではなかった。彼女の望みといったら、結婚せずにこの家で農地管理の業務をこなして生涯、穏やかに過ごすことである。

この部屋は本来、身だしなみを整えるための部屋なのだが、リディはここを〝書斎〟と名づけ、鏡台の替わりに執務机を置いて悦に浸っている。

ここがリディの仕事場であり、世間からの隠れ家なのだ。

そのとき、猫のエスポアが執務机にジャンプしてきて、リディの資料の上で寝そべった。エスポアは彼女の相棒で、仕事の邪魔をするのが日課だ。

「仕方ないわね」

リディは引き出しから、猫のおもちゃを取り出す。

紐の先に色とりどりの鳥の羽根をつけたものだ。

リディが羽根部分を宙に浮かせると、エスポアが飛びついた。爪を引っかけて、ぶら下がっている。こうすると胴体がやたらと長細くなっておもしろい。

エスポアと遊んでいると、ノック音が聞こえてきて、エスポアがどこかに逃げていってしまった。

「俺だ」と、いう声と同時に扉が開き、兄ジェラルドがずかずかと書斎に入ってくる。

ジェラルドは、瞳こそリディと同じ緑色だが、鳶色の髪をしたリディとは異なり、髪は金髪、長い睫毛がくるりんとカールした派手な顔立ちだ。

「また数字をこねくり回していたのか？」

非難めいた言葉を聞いて、ひどいと思う人もいるかもしれないが、リディは、むしろこの兄をすがすがしく思っている。彼は思っていること全てを口に出すので嘘がない。

「ええ。私にはこんな取柄しかありませんので」

ジェラルドが、満面の笑みを浮かべた。

「そんなことはない。俺の妹だけあって、今日も美しいよ、リディ」

こんなことを言っても、花びらひとつ飛ばないので、彼は正真正銘の〝兄馬鹿〟である。

そのとき、庭のほうから笑い声が聞こえてくる。

今、庭でパーティーが開かれているのに、主催者である兄が、なぜここにいるのか。

いやな予感しかしない。

「さっきから楽しそうな声がお庭のほうから聞こえていますわ。早くお戻りになったほうがよろしいのではありませんか」

そう言って、リディは再び机上の書類に目を落とす。

「楽しそうだってリディも思っているってことだな？　なら来いよ」

驚いてリディは顔を上げた。

「ええ⁉　私が社交界に出ないことは、お父様お母様も認めてくださっていますわよ？」

「父上も母上も、おまえの我儘を聞きすぎだよ。一八歳にもなった令嬢が社交界に顔を出さないものだから、不細工だとか、妹を使用人扱いしているとか、いやな噂が立っていてね。リディは可愛い引きこもりだって皆に見せてやろうと思って」

——私は見世物ですか。

そのとき、兄の背後に姉のオフェリーが現れた。

姉は艶やかなドレスを身に纏い、結い上げた金髪に、色とりどりの宝石を輝かせているが、顔立ちが派手なので、装飾に負けないどころか、装飾が引き立て役になり下がっている。

オフェリーが、ジェラルドの横で歩を止めた。

――まぶしいです！

この光り輝くふたりが、リディの実の兄姉だなんて信じられない。

実際、ふたりは、社交界でも華のある兄妹として有名で、公侯伯子男の爵位だと三番目の伯爵に過ぎないのに、社交術ではトップオブトップとして、日々、水を得た魚のように社交界を華麗に回遊している。

オフェリーが兄に加勢してきた。

「お兄様のおっしゃる通りよ。私が妹をいじめているという噂も立っているらしいの。私のドレスを貸してあげるから、自邸（うち）のパーティーぐらい、一度、顔を出してみなさいよ」

リディは、姉の、乳房が半分はみ出している胸もとを見やる。

「私、お姉様のようなドレスは似合わないと思うんです」

「大丈夫。胸は詰めればなんとかなるわ」

オフェリーがウインクして答えてきた。

――派手すぎるって意味だったのですが……確かに胸がぶかぶかになりそうです。

リディが自身の胸に目を落としたとき、ノック音とほぼ同時に扉が開く音がした。侍女の様子からして母親の登場である。

「ふたりとも、パーティー会場に主催者がいないって、どういうこと？」

母が現れたので、これでようやく兄姉は諦めてくれるだろう。

「母上、リディを誘いに来たんです。いくら引っ込み思案でも、自分の邸のパーティーにも顔を出さないなんて、おかしいでしょう？」

兄がもっともらしいことを言って母の説得に入る。

「どうしてまた当日になって？　リディにはドレスもないわ」

――お母様、その調子です。

リディが心の中でエールを送ったところで、オフェリーが眉をひそめた。

「お母様、ご存じですの？　リディが虐待されているという噂が立っているんですよ」

母がショックを受けた様子で口に手を当てた。

「……確かに……ドレスも与えられず、自邸のパーティーさえ出してもらえないとしたら……軟禁されていると思われても仕方がないわ」

「人に見せられないような娘だなんて思われたら、リディがかわいそうでしょう？」

ジェラルドの言葉を聞いて、母が急に目を見開いた。祈るように手と手を組み合わせる。

「すっごくかわいそう！」

兄は母の操縦術をよくわかっている。母は、子どもたちを深く愛しているのだ。

「うちのリディがいかに可愛いか、見せつけるがいいわ」

母が鼻息荒くそう告げたことで、リディは姉の化粧部屋へと連れていかれる。オフェリーはドレスとアクセサリーを選ぶと、あとは侍女に任せ、パーティーへと戻っていった。

「このドレス、オフェリー様が十七歳のころに着ていらしたのですが、可愛らしくてぴったりですわ」

と、姉の侍女にうれしそうに言われた日には、リディとしては迷惑をかけないよう、じっと着せ替え人形になるしかない。

普段、白のブラウスに無地のスカートという家庭教師みたいな恰好をしているというのに、侍女たちにコルセットで腰を絞めつけられ、ピンク色という自分にそぐわない色のドレスを着せられる。

リディがよれよれと力なく庭に出ると、ジェラルドが腕を左右に広げて飛んできた。

「ほら、やっぱり俺の妹は可愛い。あんな噂は全部払拭してやる！」

ジェラルドがリディを連れて庭の中央のほうへ歩いていくと、人気者の彼が女性を連れてきたということで、皆の視線がふたりに集中する。

そこに、オフェリーまで合流してきた。

——きらびやかな一家の落ちこぼれとして公開処刑される日が来ようとは……。

「まずは、俺の上官を紹介しよう」

兄は近衛歩兵連隊に所属している中尉だ。

「上官というと連隊長様でいらっしゃいますか？」

「いやもっと上、元帥閣下だよ。まさかうちのガーデンパーティーごときにいらしてくださるとは思ってもいなかった。閣下にご挨拶できるなんて光栄なことだよ」

「そんな……いきなりハードルが高すぎます」

「いや、きっと元帥閣下を見たら、リディも社交界に出たくなるからちょうどいい。国王陛下が独身のときだって、女性人気は閣下のほうが上だったんだから」

オフェリーが、こくこく頷いている。

「閣下は絶対、私目当てだと思うのよね。雑魚で手を打たずに、待っていた甲斐があったわ～」

――これだから陽の化身たちは困りものです。

「人によって何を楽しいと思うかは違います。私は、ここにいるより、書斎で収穫量の前年比を計算しているほうが楽しいんです」

オフェリーが吐きそうな表情を浮かべたあと扇で顔を隠した。

「それを楽しいと思えるのがすごいわ」

「それって、オレの一番苦手な分野だから、正直、リディにはずっと家にいてもらうほうが助かるんだよな。でも、やっぱり、みんなにリディのことを知ってもらいたいからさ」

兄姉とそんな会話をしつつ、周りを見渡すと、少し離れたところで、湧き水のように嘘の花が次々と生まれているところがあった。

――差し詰め、花の噴水といったところでしょうか。

近づくにつれ、その花の渦の中心に、黒い軍服姿の長身の男性がいることがわかった。彼は、女性たちに囲まれており、黄金のモールと金髪が陽の光を受けて輝いている。

「アニエスは、お菓子作りが上手なんだね」

張りのある低い声が聞こえた瞬間、彼の周りに、鮮烈な青い花が舞った。

——サファイアの中でも最も美しい青といわれる、コーンフラワーブルー！

リディが宙を舞う花を美しいと思ったのは、これが初めてかもしれない。

——嘘の花を美しいと思うなんて、どうかしています。

そのとき、彼がこちらのほうを向いた。

美しいのは花だけではなかった。

意志の強そうな瞳は、まさにコーンフラワーブルーで、鼻筋は通り、整った形の唇は少し口角が上がっていて、優雅な印象を受ける。背が高く、その上品な佇(たたず)まいには、周りの誰をも魅了する力があった。

——こんなにきれいな人間、初めて見ました。

そう思った瞬間、兄ジェラルドに肘で小突かれる。

「ほら。俺が言った通りだったろう？　リディでさえ、公爵閣下を見たら、吸い寄せられるように近づいていくんだから」

「公爵閣下？　さっきは元帥閣下と呼んでいらっしゃいましたけど……」

「ああ。フォートレル公爵は、我が国の軍を率いていらっしゃって元帥でもあられるんだよ」

——この方が、フォートレル公爵閣下なのですね。

社交界に疎い彼女だって知っている。フォートレル公爵といえば、聖人と名高い王弟である。

――その聖人が嘘にまみれているなんて、誰も思ってもいないでしょうね。

リディは公爵に観察の目を向ける。

よくよく見たら、口角を引き上げているだけで、その笑みには心が感じられなかった。物腰柔らかで温厚という噂は、彼が嘘によって作り上げた虚飾なのではないだろうか。

「リディ、ご挨拶は?」

兄のジェラルドに耳打ちされ、自分が挨拶する番になっていることに気づき、リディは慌てて膝を曲げて腰を落とす。正式な挨拶をするのは久々だった。

「フォートレル公爵閣下、お初にお目にかかれて光栄です。ドワイヤン伯爵家のリディと申します。以後お見知りおきのほど、どうぞよろしくお願い申し上げます」

――もう会うこともないでしょうけどね。

「初めまして、リディ。心ここにあらず、といったところかな?」

再び花が散った。一体この言葉のどこに嘘が潜んでいるというのだろう。リディが花に気を取られていると、代わりにジェラルドが答える。

「実はリディが社交場に出たのは今日が初めてなんです。自分の邸だというのに、とても緊張しているようでして……閣下、失礼いたしました」

嘘の花に見惚(みと)れていたとも言えず、リディは「あの……そうなのです……緊張しておりまして」と、つぶやくことしかできなかった。

そんな妹の様子を見て、ジェラルドが含み笑いをした。

「閣下、実は、リディはさっきまでパーティーに出たくないと、ごねていたんですよ」

妹が失態を演じたというのに、王弟である公爵を前に、こんな動じない対応ができるのは、兄の性格(キャラ)ゆえだ。

「どうしてまた、そんなに人前に出るのをいやがるんだ？」

公爵が意外そうにリディを見た。もう花は消えている。社交界の脱落者であるリディは、嘘をついて褒める価値もないと見なされたのだろうか。

――でも、そのほうが嘘をつかれるより、ずっといいです。

「私は人と交流するより、家で過ごすほうが好きなものですから」

社交界の中心人物にこう言っておけば、虐待疑惑も晴れるだろう。リディは誰かに邪魔されて社交界に出られないわけではなく、家にいるのが好きなだけなのだ。

「こんなに可愛らしいのにもったいないな。少なくとも私は、リディと社交場で会いたいと思うよ？」

「私とですか？」

何に驚いたといえば、彼が歯の浮くような台詞(せりふ)を言ったのに花が飛ばなかったことだ。

「いや、社交場よりもむしろ、ふたりきりで会うほうがいいな」

またしても花が現れない。

そんなバカなと思い、きょろきょろ見渡すが、どこにも花びら一枚さえも見当たらない。

リディが動揺していると、兄が肩を抱いてきた。

「閣下、うちの妹は初心なので、このくらいでご勘弁くださいませ」

「そのうち社交にも慣れるだろう。公爵邸で来週、舞踏会を開くので、リディも来るがいい」

そう言って、公爵がリディをじっと見てくるものだから、リディは、どぎまぎして、うっかり「は、はい」と答えてしまう。

——今回きりと思っていたのに……うっかりにもほどがあります。

公爵邸に行くとなると、ダンスの練習やドレスの準備が必要になり、平穏な生活が乱されてしまう。

公爵が満足げに微笑んだところで、オフェリーがリディと腕を組み合わせてくる。

「では、閣下、来週、リディとともにおうかがいするのを楽しみにしておりますわ。ごきげんよう」

オフェリーがそう挨拶して後ろに下がったものだから、腕を組んでいるリディもその場を離れることになった。

すると、順番待ちしていたと思しき士官が公爵に近づいたが、彼は公爵と親しい仲のようで、顔を見せるなり、公爵が「エドモン、おまえも来ていたのか」と、声をかけ、お互い挨拶抜きで世間話に興じ始めた。

——お姉様は、この方が順番待ちをしているのに気づいて譲ったのですね。

リディが、このような気遣いができる日が来るとは到底、思えない。

——やっぱり、私は社交界に向いていません。

そう思ってジェラルドを見たら、いつの間にか美しい令嬢と楽しそうに話をしている。

――お兄様、さすがです。

オフェリーがジェラルドと少し距離を置き、耳打ちしてきた。

「リディ、公爵閣下って人たらしで、令嬢だろうが、大臣だろうが誰にでも、目の前にいるその人に好意を持っているような態度を取るの。彼の好意を鵜吞みにしてはだめよ」

――褒めるのは令嬢だけではなく、男女問わずということですね。

「もちろんです。ということは、舞踏会のお誘いはあくまで社交辞令であって、公爵邸の舞踏会に参加しなくてもいいというわけですね？」

内心、ホッとしながらそう告げたら、オフェリーが小さく首を振る。

「それは参加しないと。社交辞令であろうとも公爵閣下が自らお招きくださるなんて栄誉なことよ。それを反故にするなんて許されないわ」

「ええ？　今日、私が、変人でも虐待されているわけでもなく、ただの引きこもりだってアピールできたのだから、もう社交界に出なくていいものかと……」

オフェリーが呆れたように半眼になった。

「ただの引きこもりって時点で、もうすでに変人なのよ」

「私、二年前からダンスの授業もやめているのですよ？　公爵邸なんて格式高いところがデビュー戦なんて無理です」

「私だって恥をかきたくないから、特訓してあげるわよ」

――特訓ですか……。

一度の舞踏会のためだけに、ダンスの特訓に何日も費やすなんて、時間の浪費だ。

そもそも本当は今ごろ、各農園の前年比を出して、いかに水管理システムが有用かについて悦に入っていたはずだったのだ。

そしてこれから、著しく前年比が上がった農園を訪問して、どこがほかの農園と違うのかを調べるつもりで――。

――落ち込んできました。

「あらぁ、オフェリー、もしかして、お隣のご令嬢、妹御様でいらっしゃるの？」

「さすがシャルロット、よくぞお気づきで。あの幻の妹ですのよ」

冗談めかしてオフェリーが言うと、その令嬢が可笑(おか)しそうに笑った。完全に珍獣扱いである。

「いつも姉がお世話になっております。リディと申します」

そう言ってリディが腰を落とす挨拶をすると、シャルロットが目をぱちくりとさせた。

「あら。受け答えもしっかりなさってらっしゃるのですね。とても愛らしいし、社交界を食わず嫌いだなんてもったいないですわ」

今日少し齧(かじ)っただけで、もううんざりしているとも言えず、リディはにっこりと微笑みで返すに留(とど)めた。

「この通り、引っ込み思案ですの」

「そこもまた、お可愛らしい」

シャルロットが扇を広げて優雅に微笑んだ。さすが姉の友、華のある美女である。

「シャルロットは公爵閣下にご挨拶なさったの？」

「まだ、というかびっくりしたわ。閣下はこういうカジュアルなパーティーにはあまりいらっしゃらないのに……。さすが、ドワイヤン兄妹、剛力(ごうりき)ね！」

「まあね。私もそろそろ身を固めるころかしら？」

シャルロットとオフェリーが、公爵のほうに目を遣(や)る。彼は背が高いので、周りに人だかりがあっても、首から上は見ることができた。

確かにかっこいい。嘘の花だって公爵の周りに散れば、彼を盛り立てる装飾のようだ。だが、人気の秘密は、その心にもない言葉の数々かと思うと、虚像のように思えてしまう。

「あら。リディったら、閣下に見惚れていたわね？」

オフェリーが、冗談めかしてそう言ってくる。

「え、まあ。外見は、絵本の中の王子様みたいですから」

そうだ。彼はリディとは違う世界の人間だ。社交界は婚活の場であり、誰が素敵だとか、好きだとか、そういう価値観で動いている。

リディは十六歳のとき、そんな世界とは無縁に生きていくと決めた。

——だって、私は……。

物思いにふけりそうになったところで、ジェラルドが男友だち数人を引き連れて現れる。

「ほら、可愛いだろう。誰だ、俺の妹が不細工だとか噂を流したやつは〜！」

兄が楽しそうで何よりだ。

それからというもの、リディは農園視察どころか、ひたすら舞踏会の準備に追われた。舞踏会デビュー、しかも公爵邸となると、見栄えのするドレスを新調しないといけないが、それだと最低でも一カ月を要する。

そこで、オフェリーのお下がりを仕立て直して装飾を加え、体裁を整えることになった。

その間、リディはひたすら礼儀作法とダンスの練習である。

そんなこんなで、一週間はあっという間に過ぎた。

舞踏会当日の朝、書斎に持ち込まれた姿見に映るのは、羽根飾りやらリボンやらで頭を盛られ、鳥籠みたいに広がったフリフリのピンクのドレスを身に着けたリディである。

——似合わなさすぎて笑えます。

「リディ、なんて愛らしいんだ！」

ジェラルドがオフェリーとともに書斎に入ってきた。

色っぽい紫のドレスを着たオフェリーが豊満な胸を揺らしながら、リディの胸もとに視線を向け、含み笑いをしてくる。

――はい、ここ詰めましたよ！

お下がりのままだと、胸もとがぶかぶかなので、ギャザーを入れて縮めたうえ、貧弱な胸をごまかすためにリボンの装飾を加えた。

「リディも準備できたようですし、お兄様、そろそろ公爵邸に向かいましょうよ」

兄妹三人で、馬車に乗って公爵邸へと向かう。

ジェラルドは三人揃って舞踏会に繰り出すのが新鮮なようで「両手に花だ」などと言ってはしゃいでいた。

そんな兄を後目に、リディは窓外に目を遣る。

――本当は農園の視察に行きたかったのに……。

馬車が森を抜けると、壮大な宮殿のような建物が現れ、リディは息を呑んだ。

中央には大きなドーム状の青い屋根があり、その左右に翼のように広がる建物がアーチを描いていて美しく、白い外壁には多くの窓が整然と並び、彫像がいたるところに配置されている。

リディは気づけば口をぽかんと開けて眺めていた。

それを見て、ジェラルドがふふんと笑う。

「リディは公爵邸に圧倒されているようだな」

「お兄様の邸でもあるまいし、どうしてそこで得意げになれますの?」

「だって、俺は何回も来たことがあるからさ」

そんな兄と姉のやり取りを聞きながら、リディはこう思っていた。

――私がこんなきらびやかなところに来るのは、今日が最初で最後です。

エントランスに着いたら着いたで、リディは、装飾や彫像の美しさに圧倒されてしまう。

――なんて場違いなところに来てしまったのでしょう。

しかも、行きかう人々の装いは、自邸のガーデンパーティーとは段違いに格式が高かった。

そういうリディも、自分史上最も見栄えのいいドレスを身に纏っている。とはいえ、所詮、お古に飾りをつけた張りぼてで、急に自身がみすぼらしく感じられてきた。

回廊を抜けて舞踏広間に足を踏み入れると、そこは別世界だった。

やたらと天井が高く、巨大なシャンデリアがいくつも吊り下げてあり、壁に張りめぐらされた黄金の装飾は見事で、美しく着飾った紳士淑女たちが、華麗に社交を繰り広げている。

「お兄様、お姉様、私……緊張してきました」

「リディ、俺とたくさんダンスの練習をして、かなり上手になったから大丈夫だ」

「おうちでお兄様となら緊張しないから、普通に踊れましたが……」

「安心しろ。元帥閣下は、リードが巧いから」

ジェラルドに真顔で言われて、リディは卒倒しそうになった。

「え？　元帥？　公爵閣下と私がダンスを踊るなんて、ありえませんよね？」

そんなことをしたら皆の注目を浴びてしまう。

「俺が予約を取りつけておいたから」

「そ、そんなの無理です。こんな大きな広間で、公爵閣下とだなんて」

リディが恐れおののいていると、オフェリーがずずいと出てきて、ジェラルドにこう告げる。

「リディには荷が重いわ、代わりに私が閣下と踊ります」

ジェラルドが、わかってないとばかりに肩をすくめて大仰（おおぎょう）に両手を掲げた。

「元帥閣下が、リディをご指名になったんだ」

リディはぎょっとしてしまう。

——ど、どうしたらそうなるのでしょう。

先日、リディは虐待されているわけではなく家にこもっているのが好きだと伝えたつもりだ。それなのにまだ、公爵が情けをかけるような憐みの要素が残っていたのだろうか。

「リディ、早速、閣下がお迎えにいらっしゃったぞ」

兄の視線のほうに目を遣ると、皆の憧れの眼差（まなざ）しを浴びながら公爵が颯爽（さっそう）とこちらに向かってきている。ガーデンパーティーのときのような軍服姿ではなく、銀糸の刺繍（ししゅう）が施された長衣（ジュストコール）を羽織り、首元をレース製のクラバットが彩っている。絵本の中から出てきた〝王子様〟感がすごい。

しかもそんなきらびやかな人物が、リディの前で歩を止めるではないか。

「リディ、ピンクのドレスも可愛らしいね」

嘘の花が出てこないとは、どういうことだ。

公爵が無言でリディをじっと見てくる。そうだ。花のことを考えるのはやめて、ちゃんと返事をしないといけない。

「こうしゃくかっか、おほめくださり、ありがとうございます」

お礼の言葉が棒読みになったのは、このピンクのドレスが自分らしくないと思っているからだ。

オフェリーは昨年、ピンクが一番モテる色とかで、毎日のようにピンクを着用していたが〝モテ〟と〝リディ〟といえば、楽観と悲観、権利と義務――くらい違う。

要するに対義語である。

とはいえ、最近のオフェリーのドレスはセクシーすぎて全力で遠慮したいので、このドレスが妥協点になった。

「リディ、私と踊ってくれますね？」

――なんてことでしょう。本当に誘われてしまいました。

リディが動揺していると、公爵の背後で血走った目をしたジェラルドが自分に倣えとばかりに、ぶんぶん首肯している
リディが指示通りに首を縦に振ると、公爵が優雅な微笑で返してくる。本当にうれしそうに見えるのはなぜなのか――ではなくて、絶対に見間違いだ。

広間の中央まで公爵にエスコートされる。大きな広間は人でいっぱいだというのに、彼が歩くところに道ができ、歩を止めると、周りに空間が広がった。

――どうして私が皆に注目されるようなことになっているのでしょう?

公爵がリディの背に手を回すと、目の前にくるのはクラバットだ。身長差のおかげで顔が見えない。無駄にどきどきせずに済んで助かったと思ったところで、楽団が曲を演奏し始めたので、ステップを踏む。

「舞踏会は初めてだって?」

公爵が話しかけてきたので渋々顔を上げたら、彼が下目使いで見つめてきた。音楽に合わせて踊るのに精いっぱいのリディに話しかけてくるなんて、これだから陽の化身は困る。

――ええ。いきなりこんな大舞台で大変緊張しております。

心の中でそう答えながら、リディが口から放った言葉といえば、「次は右足を後ろに」だ。

公爵が驚いた顔で、リディをまじまじと見てくる。

――申し訳ありません！　不慣れなもので心の声が出てしまいました。

「ここでターンです」

またしても思考と発話が逆になっているが、もとに戻せる気がしない。

公爵が、何かを悟ったような表情になって、小声でこう囁(ささや)いてくる。

「上手なターンだった。次はこちらのほうに二歩進んで」

と、繋いだ手を右に引くことで、方向を示してくれた。こんな感じで終始、どう踊ればいいのか解説しながら踊ってくれたので、なんとか踊りきることができた。

だが、最後に新たな試練が待っている。

公爵はこの舞踏会で最も位が高く、かつ主催者なものだから、踊り終わると主役ポーズで決めるのだ。片手を繋いだまま。もう片方の手を広げて動きを止める。

そのとき、リディは荒い息で胸を上下させていた。

——馬上槍試合をしたあとの騎士もこんな感じだったのでしょうか。

そんなふたりのダンスを眺めながら、オフェリーはジェラルドとこんな会話を繰り広げていた。

「お兄様は中尉にすぎないのに、ファーストダンスでリディを社交界デビューさせるなんて……。どこかで閣下のお命でも救われたのですか?」

ジェラルドがオフェリーの耳に顔を近づけ、小声で囁いてくる。

「リディだよ」

「リディ？　そうではなくて、お兄様がどうやって閣下と親密になったのかを聞いているつもりですけど?」

責めるような気持ちでオフェリーはジェラルドにそう問うた。

公爵とのファーストダンスの約束を取りつけるなら、デビューする前から引退する気満々のリディではなく、オフェリーにすべきだ。

「聞いて驚け！　閣下はリディを気に入ってらっしゃるんだ」

意外な返事に、オフェリーは耳を疑った。

「気に入る？　だって、庭で挨拶しただけでしょう？」

「いやいや、庭での挨拶も、妹と会ってみたいと閣下に言われてのことなんだよ」

得意満面でジェラルドに言われ、オフェリーは心底驚いていた。

「ずっと家の中にいたリディが、どうやって閣下に気に入られるというのです？」

「そこ、そこなんだよ。でも、社交場に出ないだけで、リディは普通に公園を散歩したり、乗馬で森に出かけたりしているだろう？　どこかで見初められたのかなぁ？　きっかけはどうあれ、妹を差し出したんだから、俺が大尉になる日は近い」

勝利とばかりに片方の拳(こぶし)を掲げるジェラルドを、オフェリーは冷ややかに見た。

「あら、閣下は仕事にそういった私情を挟まないって評判ですけど？」

「そもそも昇進なんて初めの一歩だよ。結婚して男子が生まれたら、ドワイヤン伯爵家の血を汲(く)む次期公爵誕生……国王に男児が生まれないままなら、その子は王位継承権第三位、国王の叔父になるのも夢じゃないぞ」

「お兄様、もっと声を小さくなさって」

オフェリーは兄との間に扇を広げて、小声で忠告した。

「十分小さいだろう？」

——能天気なんだから。

だが、この国の現状は、そんな呑気なものではない。

公爵の兄である国王は、王妃との間に子が生まれず、結婚二年目に側妃を娶った。娶るにあたり、王妃を軟禁したことで、王妃の父親が王座に就く隣国ボスフェルト王国とは一触即発の事態だ。

同盟国との関係を犠牲にしてまで娶った側妃だが、彼女が産んだのも女子だった。女子が生まれるたびに新たな側妃を娶り、今や側妃が三人になっているところに、国王の焦りが感じられる。

今、国王が亡くなれば、フォートレル公爵の血筋に王統が移るのだ。

それより、オフェリーが納得いかないのが、公爵夫人なら、リディより、社交的なオフェリーのほうがよほどふさわしいのに、なぜリディなのか、ということだ。

——そもそも、リディは誰とも結婚できないのに。

「お兄様、リディのこと……ご存じないのね？」

「わかってるさ。いくら家が好きだからって、一生結婚しないとか言って」

「やっぱり……」

兄はリディがなぜ引きこもっているのか、そして両親がどうしてそれを容認しているのか、その原因を知らされていない。

「おっ、華麗なダンスを終えて、我らがリディのご帰還だ」

公爵に連れられて現れたのは、疲れ切った顔をしたリディだった。

ジェラルドが笑いをこらえて、こう声をかける。

「リディは、このお邸を全速力で三周でもしてきたみたいな顔をしていますね」

だが、公爵は同意することなく、冗談めかしてジェラルドを責める。

「人と踊るのに慣れていないとは知らずに、ダンス中に話しかけてしまったじゃないか。リディに悪いことをした」

ジェラルドは、大げさに天を仰いだ。

「閣下、以後気をつけますので、お赦(ゆる)しください」

公爵がジェラルドを小突いている。

一方、リディは公爵の『リディに悪いことをした』という発言に驚いていた。

彼のような高い地位の男性なら、ダンスも碌(ろく)に踊れない娘が、権威ある舞踏会に来たこと自体に不満を持ってもいいぐらいで、小娘相手に悪かったなどと微塵(みじん)も思わないものだ。

リディが意外そうに公爵を見上げると、背の高い彼が俯(うつむ)き加減になって、リディを見つめ返してくる。口もとに浮かんだ笑みは優しげだった。

——閣下の考えが全く読めません。

第二章　急募！　殿方に嫌われる方法

あくる日、リディが質素なドレスで、いつものように散歩に出ようとすると、侍女に引きとめられた。ジェラルドの言いつけらしい。

そういえば、朝食のとき、兄はこんなことを言っていた。

『昨日、社交界中に、リディの顔が知れわたったから、今後は平民みたいな服で公園をうろうろしてはいけないよ』

まともな恰好をしないと、ドワイヤン伯爵家の評判を下げてしまうそうだ。

そんなわけで、今、リディは侍女に、コルセットの紐を引っ張って腰を締めつけられ、おでかけ用のドレスを着せられている。

正直、面倒くさい。

——いつか田舎で変人領主として自由に過ごしてみせます。

そんな決意をして公園を歩いていると、目の前にフォートレル公爵が現れた。

「こんなところで出くわすなんて、すごい偶然だね」

そう言って、公爵が優雅に両腕を広げた瞬間、ぶわっとコーンフラワーが舞い散る。

つまり、偶然ではないということだ。

「君に会えるなんて散歩してみるものだな」

花がぴたっとやんだ。

——私に会いたかったということでしょうか。

鈍感なリディもさすがにわかってきた。

この王弟である公爵は、なぜかリディのことを気に入っている。

——私は公爵閣下と結婚できるような人間ではないのに……。

どうしたら嫌ってもらえるのだろうか。

——そもそも、好かれるようなことをした覚えがないのですが。

嫌われるためには具体的に何をすればいいのか。兄や姉の悪口を思い出し、その対象となった人たちの共通点を炙り出してみる。

——自慢したがりです！

この作戦で行こう。リディはそう決めた。

「閣下、この私が家にこもって何をしていると思ってらっしゃいます？」

「どんなふうに過ごしているのか知りたいな」

どうせ、刺繍したりハープを弾いたり優雅に暮らしていると思っているのだ。

——残念でした！

「計算しているんですよ。一日中！　計算！」

前のめりになって二回言ってみた。

「そうか。数学は奥が深く、哲学にも繋がっていくからね」

――これだから、インテリは困ります。

「私はそんな難しいことには興味がないんです。儲けを上げて、それを計算で確かめたいだけですから」

彼が驚いた様子で目をわずかに見開いた。

それもそのはず、貴族の令嬢がお金のことを考えるなんて、はしたないことこの上ないからだ。

――こんな守銭奴のことは放っておいてください！

それなのに彼が感心したような目つきでリディを見てくるではないか。

「それは素晴らしいね」

――くぅぅ！

日陰者には、あまりにもまぶしすぎる微笑だ。思わず顔を背けたあとに、この所作はかなり感じが悪いと気づき、リディはほくそ笑んだ。

「ありがとうございます。でも、私のすごさはこんなものではありませんのよ。収穫量を増やすために、地面の乾燥対策を始めましたの」

目を逸らしたまま早口で言ってみた。兄姉が、こういう陰気なしゃべり方をする人とは話したくないと言っていたからだ。

「我が国は乾燥している地域が多いから、その対策についてくわしく教えてくれないかな」

――私の鼻をへし折る気ですね。

リディは顔を上げて、意気軒高にこう述べた。

「川の水をまんべんなく畑に行きわたらせるための水管理システムを導入し、さらには雨水を土壌に留めるために株もとに乾燥させた茎を撒きました。これを行った農園では、収穫量が平均一二％も増えたんです」

すると彼が感嘆したようにこう言ってくる。

「今年は豊作というわけでもないのに、それはすごいな。そうか。それで計算……というわけか」

「そうなんです。農園によって差が出ているので、どのような撒き方をしたのか、これから調査したいと思っています」

「その結果は、ぜひ共有してほしいな。我が国全体に広げられるかもしれない」

驚いたのはリディだ。

女子どものおままごとと失笑されるのが関の山だと思っていた。実際、兄に伝えても、呆れたように『頑張って』と言われただけだ。

もしかしたら、この国の役に立てるかもしれない。となると、ほかの計画も公爵の耳に入れておくべきだ。

「おっしゃるように、乾燥した気候は、我が国の農業における一番の課題です。調べたところ、ヒヨコマメ、アルファルファ、トマトなど、乾燥に強い種というのがありまして……あまり知られていない野菜ですが、試しに作ったらおいしくて……これを広められたら、と思っています」

「なるほど。発想の転換ってわけか。リディは独創的だね」

こんな感じで、農業について話していたら、あっという間に一時間経ってしまった。コルセットも苦しいし、そろそろ帰りたい。

「思いっきり自慢して気分がいいから、そろそろ失礼いたしますわ」

得意げな顔でこう言ってのけた。

これでリディは、自慢したがりなうえに、話し飽きたら去る、自己中心的な女という印象を残せたはずだ。

――正直、完璧です。

すると公爵が急に「ふはっ」と、異音を立てたかと思うと、腹を押さえて笑い始めた。いつも優雅な笑みを顔に張りつかせている彼がこんな笑い方をするなんて信じられない。

呆然としていたら、彼が背をただして真顔になる。

「今日は、リディとたくさん話せて楽しかった。お邸までお送りしよう」

「いえ、結構です。閣下といると目立つので……私は目立つのがものすっごーく嫌いなのです」

暗に、公爵といっしょにいるのがいやだと伝えてみた。

「そう。じゃあ今度は目立たない恰好でお会いしよう」

そういう問題ではない。公爵はその彫像のような外見で、何を着ようが目立つのである。

——これだから陽の化身とは相容（あいい）れないのです。

「では、こちらで失礼いたします」

リディは腰を落とす辞儀をして、そのまま早足で自分の馬車に乗り込んだ。窓から外を見ると、少し離れたところで公爵が、にこやかに手を振っているではないか。

信じられないことに、最初の『偶然』という発言以外は、ひとつも花が飛ばなかった。あの好意的な言葉の数々は作り物ではなく、公爵の真意ということだ。

リディは胸が、きゅうっと切なくなる。

そのとき、本能でこう感じた。

これ以上、公爵と親しくなったら傷つくのは自分のほうだ、と——。

——しばらく散歩もやめて、邸に引きこもることにします。

そう決意してからというもの、リディは邸の外に出るのをやめ、馬を走らせるのも、散歩をするのも、自邸の庭で行うようにした。

そんな日々が半月ほど続いたころだろうか。姉オフェリーに、ラスペード伯爵令嬢主催のお茶会に誘われる。

「女性だけの集まりだからいいでしょう?」

と、睫毛バシバシの瞳を見開いて圧をかけられたら、リディは家で計算したいなどと言い出せなくなってしまった。

ラスペード伯爵邸といえば、花壇が幾何学模様に配置された庭園が評判である。邸に着いて侍従が案内してくれたのは、まさにその花壇がある庭だった。

芸術的な庭を眺めながらリディが姉と歩いていると、にぎやかな声が聞こえてくる。

木陰に大きなテーブルが置いてあり、すでに数人、招かれた令嬢や夫人が着席していた。

すると、その中から、ひとりの令嬢が立ち上がる。

結い上げた金髪を花の形のアクセサリーで飾り、花々が刺繍されたドレスを着こなしたその令嬢は、装飾に負けないほど派手な顔立ちだった。

姉の友人は皆、こんな美女ばかりなので、きっと彼女がラスペード伯爵令嬢ドゥニーズなのだろう。

オフェリーが彼女に笑顔を向ける。

「ドゥニーズ、お招きありがとう」

やはり、リディの勘は当たっていた。

「あら、オフェリー、噂の妹御様を連れてきてくれたのね」

またしても、リディは見せ物枠だ。以前は珍獣として、そしておそらく今は、デビュー戦でフォートレル公爵とファーストダンスを踊った令嬢として――。

姉に小突かれて、リディは腰を落とす丁寧な挨拶をした。

「このたびはお招きありがとうございます。オフェリーの妹のリディと申します。以後お見知りおきくださいませ」

テーブルに着いた女性たちの視線が一斉にリディのほうを向いた。好意的とはいいかねる目つきだった。

ドゥニーズが扇を広げて口もとを隠し、目を細める。

「まあ。お可愛らしい方。リディは初参加だから今日の主役よ。さ、こちらにお座りになって」

手で示された席は、中央だった。

――すみっこで姉の陰に隠れていればいいと思っていたのですが……。

不安げに姉を見ると、言う通りにしろとばかりに頷きで返されたので、リディは仕方なしに真ん中の席に腰を下ろした。

知らない女性たちに周りを囲まれて緊張していたら、お向かいの二十代半ばくらいの女性が身を乗り出してきた。ドレスが華美ではないので既婚だろう。

「初めまして。私、マルモッタン子爵の妻、ジネットと申しますの。私たち、みんなフォートレル公爵閣下のファンですのよ」

そう言って、にっこりと笑った。

――ファンの方たちに私が言えることなど、正直、何もないのですが……。

こういうときは相手に同調すればいいと、オフェリーに習った。

「公爵閣下は、人気がおありなのですね」

「いやだわ。ごいっしょに踊られたあなたが、閣下の魅力がわからないようなもの言いをなさるなんて」

と、ジネットが苦笑した。

――公爵閣下の魅力といえば、やはりこれでしょうか？

「社交界というところは、地位が高くて顔がいい方が人気者になるところだそうですわね」

美しい顔の裏は嘘だらけだけれど――と喉まで出かかって止めた。

「に、人気者？」

皆が、お互いを見合って、一斉に笑ったあと、隣の令嬢がこう言ってくる。

「私はグリエット伯爵家のフルールよ。リディったらおもしろい方ね。いくら顔と地位がよくても、性格が悪かったら、女性人気なんて出ないわよ」

「ということは、閣下は性格もよろしくていらっしゃるのですね」

ジネットが、わかってないとばかりに顔を横に振った。

「性格がいいとかそういうレベルではありませんのよ。神です。神」

「か、神様……ですか？」

「友人のお祖母様のお話なのですけれどね。その方がお姉様を亡くしたショックで、死にたいなどと口走るようになっていたとき、公爵閣下に、紫色のドレスがシックでとても似合っていると褒められて、それからというもの、おしゃれに精を出して、長生きしたいと思うようになったんですって」

皆がうんうんと同調するようにそれを聞いている。

彼女たちだって、公爵が高齢女性のドレスを心から絶賛したとは思っていないだろう。ただ、元気づける言葉をかけた、という点を評価しているのだ。

――嘘も方便、ということでしょうか。

そのとき、フルールの目つきが意地悪そうな鈍い光を放った。

「リディは、どのように公爵閣下の同情を買われたんですの？」

もしかして、友人の祖母の話題は、こうしてリディを貶(おとし)めるための前振りだったのだろうか。

「わ……私は踊ってほしいなど、お願いしたことはございません」

その瞬間、令嬢たちの表情が不機嫌になった。

口角が上がったままなのが却(かえ)って恐ろしい。どうやらリディは、公爵から好かれていることを自慢しているように思われてしまったようだ。

――まだ来たばかりなのに……もう帰りたいです。

フルールとは逆側の、リディの隣に座る令嬢がこんなことを聞いてきた。

「でも、公爵邸での舞踏会の前、リディは閣下につきまとっていたでしょう？」

公園で待ち伏せされたときのことを言っているのだろうか。だが、それなら舞踏会のあとだ。

「つきまとって……」

と言いかけてやめた。公爵がつきまとってくるなんて言ったら、いよいよ悪意を持たれそうだ。

「……ないつもりだったんですが、そう思われて、同情で踊ってくださったのかもしれませんね」

そう言って、リディはおちゃらけて見せた。

すると、皆の眉間から皺が消え、楽しげに笑い始める。「おもしろい方」なんていう言葉も聞こえてきて、リディは胸を撫でおろした。

「まあ。同情だなんてご自分を卑下するようなことはおっしゃらないで」

少し離れたところで、オフェリーと並んで座っているドゥニーズから慰めの言葉をかけられる。

リディはもうどうでもよくなってきていて、微笑をキープしたままこう答えた。

「ありがとうございます」

「リディはもっと自信を持っていいと思うの。私の弟がリディのことを可愛いって言って騒いでいたもの。呼んでくるわ」

驚いて、リディがオフェリーに目をやると、彼女はそしらぬ顔をしていた。リディが結婚するつもりがなくて男性と接点を持たないようにしている事情を姉は知っている。

——それなのに、止めもしないなんてどういうことでしょう？

「あ、あの。私、男性は苦手で、今日は女性だけの会とうかがったので参りましたの」

「あら。閣下はよくて私の弟はおいやとでも？」

こういう有無を言わせず人を従わせるところが、ドゥニーズは姉と類友という感じがした。

「いえ。そういう意味ではございません。ただ、男性全般が苦手なだけです」

「では、苦手を克服しないといけませんね」

そう言い終わるかどうかというちに、ドゥニーズは立ち上がって、芝生が広がっているほうに手を振った。

リディもそちらに目を向けると、そこには、クリケットバットを振っている青年がいた。

「セドリックー」と、ドゥニーズが声をかけると、青年がバットを振るのをやめて、こちらに向かってくる。

セドリックは、姉のドゥニーズと同じく金髪で、彼女に似て派手な顔立ちの背の高い青年だった。

「姉上、お呼びですか？」

そう言ったあと、彼がリディに視線を向けた。

「リディ、今日いらしてくれたんですね。先日の公爵邸の舞踏会でダンスに誘おうと思ったのですが、すぐにお帰りになったので残念に思っていたのです」

あまりに、ことがスムーズに進みすぎである。

リディは立ち上がって姉の席まで行き、耳打ちする。

「もしかして私がこのお茶会に呼ばれたのは、彼を紹介するためですか？」

オフェリーが平然とした顔でこう答える。

「まさかぁ。偶然よぉ」

そのとき、ぽんっと、アマリリスが咲いた。オフェリーが嘘をつくと必ず現れる情熱的な赤い花だ。

——やっぱり。

「どうしてこんなことを……」

そう言いかけてやめた。セドリックがすぐそばまで来たからだ。

「よろしかったら、散歩がてら東屋をご案内させていただけませんか」

「え……？」

リディが困惑していると、ドゥニーズも近寄ってきた。

「リディは男性が苦手だそうなの。克服に力を貸してあげて？　優しく接するのよ」

「私はいつだって淑女に優しいですよ？」

「リディ、私の弟に任せて」

ドゥニーズがそう言うと、セドリックがリディのほうに腕を差し出してきた。手を乗せろということだろうか。

リディがおずおずと彼の腕に手を置くと、彼が歩き始める。

——姉の誘いには、もう二度と乗りません。

そう決意をしたところで、セドリックがこんな質問をしてきた。

「リディはこんなに可愛いのに、社交界デビューをしたくなかったと聞いたけど、それはどうして？」

——可愛いと社交界デビューしたくなるものなのでしょうか？

そんな疑問が頭に浮かんだが、質問には質問で返さず、答えるべきだ。

「自分の部屋に引きこもっているのが好きだからです」

少し驚いたような顔でセドリックがリディの顔を見やる。

「部屋で何をして過ごしているのかな？」

これはすでに公爵で練習済みである。

「計算しているんです。一日中」

「け、計算？　何を？」

「農園ごとに収穫量の前年比を出したり、どれだけ儲かったかを計算したりするのが好きなんです」

「君の家は、そんなことをご令嬢にやらせているのか？」

「いえ。これは私が好きでやっていることです」

「いや、そんなわけはない。早く家を出るべきだ。結婚したら、刺繍をしたり楽器を弾いたり、こんなふうにお茶会を開いたり……もっと楽しい毎日を送ることができるよ」

諭(さと)すように彼に言われ、リディは猛烈に違和感を覚えた。

——どうして女性は皆、そういうことが好きだと決めつけるのでしょう。

そのとき、フォートレル公爵が感心したような眼差しで、こう言ったときのことが思い起こされた。

『それは素晴らしいね』

あのとき花が飛ばなかった。つまり、リディが儲けを算出していることを本当に評価してくれていたのだ。

——だめです。公爵閣下のことを思い出してはいけません。

でないと、リディは彼のことを好きになってしまいそうだ。万が一、恋が成就などしてしまったら、公爵にとんでもない迷惑をかけてしまう。

「よかったら、ここに座って。我が家自慢の花壇がよく見えるんだ」

いつの間にか、リディは東屋（ガゼボ）の中に入っていて、セドリックに大理石の椅子を勧められていた。

リディが座ると、彼も隣に腰を下ろす。

花壇は美しかったが、彼と話していて、リディは何ひとつとして楽しいとは思えなかった。


その二日後、リディはバルビゼ農園に向かう馬車に揺られていた。

この農園は、収穫量の前年比一二三％と、五つの農園の中で最も高かったので視察に行くことにしたのだ。王都にある自邸から一時間も経たないうちに景色ががらりと変わり、のどかな田園風景が広がる。さらに二時間で、お目当ての農園に着いた。

——なんてきれいなのかしら。

紅葉した山々を背景に、赤い帽子のような屋根を頂いた石造りの家がぽつぽつとある。その周りには畑が広がっていた。

リディは集会所の前に馬車を停め、村長に畑を案内してもらいながら意見の交換をした。乾燥対策がうまくいっているようだ。

集会所に戻ると、その前の空き地に村人たちが集まっていた。

陽に焼けた中年男性がリディに近寄って、飾り気のない笑みを浮かべた。

「リディ様、正直、ご令嬢の道楽かと思っていたんですが、一生懸命説明してくださったし、損することはないし、騙されたと思ってやってみようぜって皆に言ったんですよ。そうしたら、やたらと収穫量が増えたものだから、来春は全ての畑に広げてみます」

リディの心は喜びでいっぱいになった。一部の畑で試しただけで、全体が二三ポイント上がったのなら、来年は跳ね上がることだろう。

ただ、リディは褒められることに慣れてなくて、こういうとき、なんと言ったらいいのかわからない。

「私は調べものが好きなものですから……」

俯いて、そうつぶやくことしかできなかった。

「まあまあ。お嬢様ったらご謙遜！」

中年女性がそう言って笑うと、周りの人もいっしょに笑ってくれた。

――陽の貴族は苦手ですが、農村では陽気な方の存在をありがたく感じるから不思議なものです。

「あ、あの。私が担当させていただいている農地で、バルビゼ農園が最も前年比の伸びがよかったので、あの、賞品……というか、お土産です」

背後に控えていた、従者ふたりが、贈り物で満杯の籠を持って前に出た。

だが、皆が顔を見合わせる。

「うちみたいな小さな農園が？」

「伸び率で比べておりますので」

「伸び率とはどういう意味ですか？」

「収穫量が去年よりどれだけ増えたか、その伸びということです。前年比一二三％……つまり、去年獲(と)れた量を百としたら、今年は百二十三になったということです」

「そいつはすげえや！」

小さな男の子が声を上げると、父親らしき人が、彼の頭を軽く叩(たた)いた。

「それはすばらしいことですね、だろう？」

リディは、その子の前で屈(かが)んでこう告げる。

「私になんか気を遣わないでいいのよ。僕にもお土産があるの」

「え？　やった！　お嬢さん、大好き！」

従者が、子ども用のお土産をその子に手渡した。玩具(おもちゃ)とお菓子のセットだ。

子どもたちがきゃっきゃと喜び、その後ろには美しい田園風景が広がっている。それを見ていたら、自然とこんな言葉が口から出てきた。

「この子たちが、そしてこの土地が私の子どもだと思って生きていきたいです」

「お若いのに、おかしなことをおっしゃいますね」

初老の女性に笑われ、リディが「本気です。私は一生独身って決めておりますから」と、答えたら、ものすごく驚いた顔をされる。

——ここで驚かれるのは王都も農村も同じです。

ほかの農民たちも目を丸くしていた。働き手として子どもが必要な農村のほうが、驚きがより大きいのかもしれない。

だが、よくよく見ると、農民たちの視線はリディではなく、彼女の背後、もっと高いところへと向かっていた。

リディが振り返ると、そこには、フォートレル公爵がいた。やたら毛並みのいいダークブラウンの馬に乗ってリディを見下ろしている。

「そこまで結婚しないと決めているのは、どうしてなんだ?」

「ど、どうしてって……それより公爵閣下、なぜこんなところに?」

公爵という言葉を聞いて、背後の農民たちがざわつき始める。

「君のお邸を訪ねたら、農園視察中と聞いたので、たまには都会から離れて自然の風景を見るのもいいかと思ってね」

王都から馬車で三時間以上かかるので、乗馬でも一時間半はかかるだろう。それなのに、近所の公園にでも来たようなノリである。

「どうしてまた私の邸にいらしたのです？」

「君に会いたくて」

なんのてらいもなくこんなことを言えるのはすごい。

背後からヒューと、冷やかすような音と、その子をたしなめる母親の声まで聞こえてきて、顔が火照ってくる。

公爵がどうしてリディに会いたいと思ったのか。そこを追究すると面倒なことになりそうだ。

とはいえ、ここは農村である。さすがにここでなら彼と接触しても、王都の貴族社会にまで噂は広まらないだろう。

「閣下も自然がお好きなのですね。では、ご案内いたしますので、まずは馬からお降りになってください」

「今日は逃げないんだな」

そう言いながら、公爵がひらりと馬から降りた。こういう動作がいちいち決まる人である。

「では、皆さん、私たちはこれからデートなので、邪魔しないように」

公爵が振り返ってそう告げると、おおーっと歓声が上がった。

リディは恥ずかしくて、あぜ道を、ずんずん先に進む。

「まずは、どこを案内してくれるんだ？」

公爵が馬の手綱を引いて、リディの横につき、機嫌のいい声でそう聞いてくる。

「川をお見せしたいと思っております」

「そこから畑に水を引いていたりするのかな？」

「ええ。農園全体に水が行きわたるよう管理しております。ですが、この川は役立つだけでなく、とても美しいのです」

「……それは、楽しみだ」

そこで会話が途切れ、後ろからついてくる馬の足音だけが響く。だが、気まずい感じはしなかった。

青々とした空のもと、優しい秋風が頬（ほお）を撫で、時間がゆるやかに流れる。

そのとき、チュリ、チュリ、チュリという鳥の鳴き声が聞こえてきた。

公爵が顔を上げてあたりを見渡す。

「きれいな声だ」

「閣下、残念ながら、モリヒバリは褐色だから、なかなか見つけられませんわよ。秋は、木の葉の色と同じになりますからね」

「モリヒバリというのか」

「尾が短くて少しずんぐりしていて、とても可愛らしいんですの」

「最初はゆっくり、チュリ、チュリだけど、だんだん速くなって……まるで曲のようだな」

「閣下もそう思ってらっしゃったんですの？」

「君も？」

「ええ。音楽のようだと思っておりました」

ふたりは鳥の鳴き声に耳を傾け、言葉を交わすのを忘れた。

「お、今飛び立ったぞ！」

褐色の小さな鳥が羽ばたき、再び木々の中に消えていく。

「まあ。姿が見えるなんて幸運ですわよ。あれがモリヒバリです」

オジロも鳴き始めて二重奏となり、ふたりは無言で聞いていた。やがて川の流れる音がして、石造りの水車小屋が見えてくる。

リディは水車小屋を指差した。

「あの付近がとてもきれいなんです」

「そう。楽しみだ」

公爵がそう言ってリディの手を握ってきた。

リディが驚いて顔を上げると、彼が微笑みかけてくる。

「あ、あの……手……どうしてですか？」

「モリヒバリみたいに飛んでいってしまいそうだな、と思って」

リディはなんと答えたらいいのかわからず、固まってしまう。緊張のせいか、心臓の拍動が強くなった気がする。

心臓のことばかり考えているうちに、水車の前に着いた。

公爵がようやく手を離してくれたと思ったら、馬を木に括り始める。

リディはようやく人心地つくことができ、じっと手を見つめる。

——この手がずっとあの大きな手の中に……信じられません。

「連れてきてくれたわけがわかったよ。こんなに澄んだ川はなかなかない」

「そう。そうなんです。水面が透明だから緑の藻が見えてそこに赤や黄色の葉がちらほら浮かんでいて……まるでお花畑のようでしょう？」

「ああ。空は高く、木々は黄から赤へのグラデーションが美しく、川は華やかにきらめいている。この世に何もいやなことがないような気がしてくるな」

そう言って彼は屈み、野に咲く花を手折った。極々小さな花が集まって、ようやくひとつの花になった——そんな可愛らしい花で、白からピンク、そして紫へと、色にグラデーションがあった。

彼がその花をリディの結い上げた髪に差し込む。

「アリッサム……甘い香りのする花だ。とても似合っている」

「本当に、すごくいい匂い……ありがとうございます」

「まるで君みたいだ」

「この花が……どうしてです？」

「この花はね、一見可憐ではかなげだけれども、実は、寒さにも乾燥にも強いんだ」

「私が強い、ですか？」

「ああ。こんなに自分の意志のある女性はなかなかいない」

「私に意志……？」

「ないとでも思っていたのか？　私になど見向きもせず、農村のことを考えている」

彼がリディの手を取って、その手の甲にくちづけてくる。

「え？　あの……？」

リディが困惑していると、「私のことも少しは考えてほしいものだね」と誘惑するような眼差しを向けられ、いよいよどうしたらいいのかわからない。

リディが黙り込むと、公爵がこんな問いかけをしてきた。

「アリッサムの花言葉が何か、知ってる？」

「花に言葉があるんですか？」

「ああ。どんな花にもある。アリッサムは〝奥ゆかしい美しさ〟。君にぴったりだ」

「……家の奥にいるという点では、ぴったりかもしれません」

彼がクスッと小さく笑った、そのとき、リディはあることに気づいた。

――人によって現れる花が違うとは思っていたけれど……。

「あの、閣下、コーンフラワーの花言葉をご存じですか？」

「ああ。知っているよ。優雅、優美だ。コーンフラワーブルーといえば、サファイアの中でも最も美しい青色を指すからね」

「……それって、まさに閣下のことですわ！」

驚きのあまり、リディにしては珍しく語気を強めてしまった。

「それは光栄だね。まあ、たまに瞳の色がコーンフラワーブルーと言われることはあるよ」

「そう……そうですよね。優美……確かに優美ですわ」

「花言葉でここまで感嘆されるとは思ってもいなかった」

「すごくおもしろいです。もしかして、アマリリスの花言葉もご存じですの？」

姉のオフェリーが嘘をついたときに舞い散る真っ赤な花だ。

「ああ。アマリリスは、なんといっても、あの派手な外観だろう？　花言葉は、おしゃべり、輝くばかりの美しさ、だよ」

「そんなに花言葉がおもしろい？」

やはり、花はその人の特徴を表している。姉は噂話（うわさばなし）が大好きで、そして華美である。

「ええ、ええ。とっても。何かほかにも花は……」

見渡すと、平べったく長い草の一群が目に入った。リディは自（おの）ずとその草を掴（つか）んで引っ張る。

「その葉がどうかしたのか？」

公爵が不思議そうに近づいてきて、草を引き抜くのを手伝ってくれた。

「アリッサムの御礼にと思いまして……」

リディがその葉を同じ長さに切ろうとして折ったら、彼がその葉を手に取り、短剣であっという間に切ってくれた。

彼は勘がいい。会話をしなくても、リディが何をしようとしているのかを察してくれる。

「御礼のつもりが、手伝っていただいて恐縮しております」

「そんな、仰々しく話さなくていいよ」

とはいえ、軍のトップにして王弟である。馴れ馴れしく話せるわけもない。そもそも、リディは家族以外の誰とも親しく話せたことなどなかった。

「あ、あの少し座っていいですか？」

「どうぞ」

と、公爵が自身の膝を指す。

「そ、そんな御冗談おやめになってください」

リディは慌てて、近くにある大きな岩に腰を下ろした。

「ドレスが汚れるよ。私がそこに座るから君は膝に乗ったらいい」

「ドレスといえるような服ではありませんわ」

農村に来るときはいつも、汚れてもいい服を身に着けている。

リディは自身の膝の上で葉をふたつ折りにして組み合わせた。

「何を作っているんだ？」と、彼が背を屈めて聞いてくる。

「農村の子どもに教わった水車です」

「手伝うことはあるかな？」

「そうですね……では、木の枝を一本、探してきていただけますか？」

「わかった」

公爵は目的を聞くこともなく、木の枝を拾ってきてくれた。

ちょうどそのとき、水車が完成した。水車といっても、四枚の長細い葉を組み合わせただけだ。

「この木の枝、どうしたらいいんだ？」

と聞かれたので、リディは立ち上がり、水車の中央の四角く空いた部分を、その枝に通す。

「この水車の下半分を川に浸けると回るんです」

公爵の顔が明るくなった。

「そういうことか！」

早速、ふたりで水際まで行くと、公爵が枝の左右を持って、草の水車の下半分を水に浸ける。すると水車が回り始めた。

「リディ、これはすごいぞ！」

屈託のない笑みを向けられ、リディの心臓がどくんと跳ねる。

「さ、リディはこちらを持って」

と、公爵に、枝の手前のほうを持つよう視線で示された。リディがその端を指で掴むと、彼が片方の手を離す。

再びふたりは沈黙して、ただ、その回る水車を眺めていた。

川の流れと、水車がからからと回る音、そこに、ときどきモリヒバリの鳴き声がかぶさる。

——なんて幸せな時間でしょう。

そんな言葉が頭に浮かんで、リディは驚く。位の高い人物とふたりきりなのに緊張していない。

「こんなに心が穏やかになったのは久しぶりだよ」

公爵にそう言われ、リディは顔を上げた。

——閣下も同じことを思っていらしたのですね。

そのときリディはこう決意した。

ここは人目もない。今日だけは恋人になった気分でいよう、と——。

——一生、結婚しないのだから、このくらい許されますよね？

「この水車、もらっていい？」

「こ、こんなのでよろしければ、もちろんです。もうひとつ作りましょうか？」

「いや。いい。これが欲しいんだ」

そう言って彼は枝から水車を外してポケットに入れると、立ち上がった。

「こんな遊びをしたのは初めてだ」

リディも立ち上がる。

「不自由な環境でお暮らしになっ……」

と言いかけてから、リディは慌てる。不自由も何もこの公爵は王宮育ちである。

「……たのも当然ですわね。王弟殿下でいらっしゃるのだから、自由に野遊びというわけにはいかなかったでしょう」

「君っていう人は……」

公爵が小さく笑ってから、笑いをこらえられなくなったようで、顔を上げて笑い始めた。

——威厳のある方が、こんな子どもみたいな笑い方をされるなんて……。

再び心臓の動きがおかしくなってくる。

——今度、お医者様に診ていただいたほうがいいかもしれません。

「閣下は社交場にいらっしゃるときと印象が全然違いますね」

「そう？　どんなふうに？」

「いつもは考えていることと話していることが一致していないようにお見受けします」

「それは……私が嘘つきってこと？」

公爵が含意のある眼差しを送ってきた。

「い、いえ。滅相もございません」

「でも、それなら、私は、いい嘘をついているだろう？」

公爵が、自分を評価してくれとばかりに、リディを見つめてくる。

——どうしてこんな、嘘つきだと認めるような発言をなさるのでしょう。

「そ、そうですよね。それが社交術というものですよね？　……私、人との対話に慣れていないものですから……失礼いたしました」

公爵が少し間を空けてから、ぼそりと言ってくる。

「……ローランと呼んでくれないか？」

「え？　そんな恐れ多いです。私がいくら世間知らずでも、それが非常識なことぐらいはわかります」

「世間を知らないのが、君の強みだろう？　常識なんて破ってしまえよ」

リディは、ぽかんとしてしまう。

「どうした？」

「閣下ともあろう御方がそんなことをおっしゃるなんて……」

「閣下なんてよしてくれ。君の前では私はただの男だ。君がほかの男とデートしたなんて聞いたら、飛んでくるぐらいにね」

「デ、デート……ですか？」

――もしかして？

そのとき、お茶会で東屋に連れていかれたことを思い出した。

「あれはラスペード伯爵邸のお茶会におうかがいしたとき、たまたまいらしたセドリック様にお庭をご案内いただいただけで、私は誰ともデートなどしたことはございません」

「誰とも？　なら私も、今ここで偶然会って農園を案内しただけの相手ということか？」

「え？　それは、そうですよね？」

公爵が不愉快そうに眉をひそめた。

彼に不機嫌な表情をされたのはこれが初めてで、リディはぎゅうっと胸が締めつけられる。

――どうして私、こんなにショックを受けているのでしょう？

むしろ、公爵には嫌われたかったはずだ。

公爵がふいっと、顔を背ける。

「そうか。では、王都まで送ろう」

送ろうというのは、紳士として女性を送る義務があるから言っただけであって、公爵はもうリディといっしょにいたくないということだ。

「いいえ。自分の馬車がありますのでお気遣いなく」

「リディ、私は今、『デート』に誘っているんだ。王都までの道をともに楽しもうじゃないか」

彼の眉間からいつの間にか皺が消えていて、諭すようにそう言われた。

彼は不機嫌ではない。

それだけで、リディの心は高揚する。

「でも、馬は一頭しかございませんわ」

馬にふたり乗りなんてした日には、リディがつきまとっているという噂に火をくべるようなものだ。

――やっぱりここは別々に帰るべきです。

公爵にデートに誘われた――そんな思い出があれば、一生、ときめきに困らなさそうだ。

きっぱりと断ろうとしたところで、公爵に笑われる。

「いや、待て。馬に乗って王都まで帰れるとでも？　君が？」

――ダンスが下手だったから、見くびられているのでしょうか。

「私、今日はお土産があったから、馬車で来ましたが、普段は乗馬で来ています」

「引きこもりとか言っていたが、こんな行動的な引きこもりがあるか？」

揶揄うように言われたが、リディは不快どころか、密かに喜びを感じていた。

「しゃ、社交界に出ないだけです」

「ふたり乗りにも惹かれるが、ほら、あそこ」

公爵が遠くを指差した。

「ちょうど私の馬車が追いついたところだ」

あぜ道に、およそ田舎に似つかわしくない黄金の装飾が付いた馬車が停まっていて、陽を受けてきらめいていた。

馬車ということは、狭い空間で公爵とふたりきりなるということだ。緊張のあまり泡でも噴きそうである。

「え、いえ。私は自分の馬車で戻りますので、お気持ちだけいただきます」

「この私とデートをしたくないとでも？」

リディはハッとした。

そういえば、姉のオフェリーが以前、公爵が自ら招いた場合、断ることなど許されないという話をしていた。

――この御方は、お兄様の軍隊での上司……というか、頂点にいらっしゃる方です。

「で、では、お言葉に甘えて同乗させていただけますか？」

公爵が満足げに、にっこり笑った。

陽の光のもとで、サファイアの瞳は一層きらめきを増していて、リディは吸い込まれそうになってしまう。

「あ、あの、でも、従者が私を待っているので、報せに行ってからでもいいですか？」

「それなら、私の侍従にやらせる。あの馬だって、侍従に連れ帰ってもらうんだ」

木に括りつけた馬を、彼が指ししめした。

リディは公爵に手を引かれ、馬車まで誘われる。

近づいて初めて、リディは馬車の装飾の繊細さに驚く。黒い車体のドア周りを模る黄金の綱や葉は、まるで本物のようだ。

じっと観察していると、「さあ、どうぞ」と、公爵自ら侍従のように手を取って彼女を先に馬車に乗せ、そのあと彼自身が続くと、自ら扉を閉め、並んで座った。

――内装も素敵です。

重厚な紅色のベルベットで統一されていて、要所要所に細かな黄金の紋様が施され、椅子はソファーのように座り心地がいい。

馬車が動き始めてしばらくすると、窓外を歩く女性ふたりがこちらに視線を向けたまま、興奮した様子で何かしゃべっているのが見えた。

リディは、自分側のカーテンを閉める。

農村（ここ）ならまだいいが、王都でこんなところを見られては、また噂を立てられてしまう。

すると何を誤解したのか、公爵が機嫌よさげに彼のほうのカーテンを閉めながら、こんなことを言ってくる。

「私も風景よりも、君のことを見ていたいと思っていたんだ」

「え？　いいえ。ほかの人に見られたくなかっただけです」

「つまり、人の目が気になることをしたいっていうこと？」

彼が顔を近づけてくるものだから、リディは躰（からだ）を後ろに退いた。

「い、いえ。公爵閣下のお近くにいると、私がつきまとっていると思われるので、それがいやなのです。……今後は私と偶然会っても無視していただけるとありがたいです」

彼の眼差しが急に冷めた。

「それはセドリックに誤解されないため？」

――また、この名前です。

「セドリック様は、たまたま、お茶会でごいっしょしただけです」

「ほかの人には、そうは見えなかったようだよ？」

「そうだとしても……どこからそんな情報を入手されたのです？」

あちこちに密偵でも放っているのだろうか。

「社交界の雀たちはね、頼んでもないのに、そういう情報を囀ってくれるものなのだよ」

「そ、そういうものですか。でも私、どなたとも恋愛する気はないので、そんな噂どうでもいいです」

「どうしてそこまで恋愛を忌避するんだ？　ひどい男に引っかかったことがあるとか？」

「引っかかるにはまず邸の外に出ないといけませんが、私が行くのは農村ぐらいですから、そのような機会すらございませんでした」

「では、機会を作ってみようよ」

「え？」

「機会を設けたうえで恋愛なんてしたくないと思えば、しなければいい」

「機会とおっしゃいますと？」

リディが公爵を見上げて問うと、彼が半ばまで瞼を下ろした。コーンフラワーブルーの瞳に黄金の睫毛がかかり、薄暗い馬車の中で耽美的な雰囲気を漂わせている。

「例えば、こんな……」

リディの心臓が急に波打つ。

どくん、どくん、どくん――。

彼の顔が傾き、瞳がゆっくりと閉じていく。

リディが刮目していると、唇にやわらかな感触が訪れた。

――男の人も、唇はやわらかいのですね。

そんな呑気なことを考えていられたのは一瞬だけだ。肉厚で生温かいものが、リディの歯列を割り、口内に侵入してきて、ようやくリディは我に返った。

――嘘！　公爵と？　私が？　キスって……こんなに生々しいものなのですか⁉

混乱のあまり、抵抗するという発想も起こることなく、体験したことのない感覚に、リディはただただ驚いていた。

「ふぁ……へ」と、喉奥から間抜けな音を漏らすことしかできない。

公爵が、熱い舌で口内を蹂躙しながら、スカートごと彼女の膝を掴んで持ち上げ、自身の大腿に乗せた。

布越しとはいえ、彼のがっしりとした大腿が太ももに感じられ、リディはびくんと躰を反らした。弾みで唇が外れる。

このときの彼の表情は一生忘れられないだろう。眼差しは、リディという酒に酔ったかのように陶然としているのに、口のほうでは獣のように舌なめずりしている。

これがいつも穏やかな笑みを浮かべている公爵と同一人物だろうか。

どくん、どくんと、公爵に聞こえてしまうのではないかというぐらい、心臓が早鐘を打っている。

「今の顔、ほかの男には絶対、見せられないな」

「え？　私の顔……ですか？」

「すごく……艶めいている」。

耳もとで甘く囁かれ、リディが背筋をぞくりとさせたところで、躰を持ち上げられ、対面で、彼の片脚を跨ぐように下ろされる
脚の付け根に、たくましい大腿が押しつけられた。

――何か……変な……感じ……します。

視線を上げれば、彼の顔がすぐそこにある。

「耳も可愛いね」

濡れた温かいものが耳に触れ、リディは「ひゃっ」と、驚きの声を上げた。

彼が耳を口に含み、舐め上げてくる。

「みっ耳に可愛いとか可愛くないとか、ありますでしょうか」

「そういう論理的なところ、らしくて好きだよ」

股ぐらに大腿が食い込んで、なぜかそこがじんじんしてきた。

「あ……あの……下ろして……ください」

公爵がリディの顎を取って上向けると、じっと見つめてくる。

「でも、蕩けるような瞳で……気持ちよさそうに見えるよ？」

「え？　私……そんな……？」

「もっと気持ちよくしたくなる」

「ど……どうやってですか？」

好奇心に抗えず、問うてしまった。

「例えば……」

顎を支えていた彼の手が、首を這い下り、左右の胸の間をすり抜け、ウエストを通過し、太ももへと下がっていく。そのゆっくりした動きに、リディは頭の天辺から足の爪先まで甘い痺れに包まれ、無意識に太ももを彼の大腿にこすりつけていた。

「これだけで、こんなにも感じて……リディ、可愛いよ」

――感じる？　どうしてそんなことがわかるのでしょう。

「ひゃ」

そのとき大きな手がリディの膝に、直に触れた。彼の手が、いつの間にかスカートの中に入り込んでいたのだ。

リディは驚いて彼の腕を掴んだ。

「こ、こんなところに手を入れるなんて……」

「どうして？　もっと気持ちよくなれるよ？」

公爵が平然と言ってのけた。

「あ、あの……私、気持ちよくならなくていいです。こういうことって結婚した方たちがやることでしょう？」

公爵が動きを止めた。半眼になって何か考えている様子だ。

「それもそうだ」

彼が降参とばかりに両手を少し掲げる。

「……セドリックのことが頭にあって、急いてしまった。私は君と結婚したいと思っている。これは決して、その場しのぎの嘘じゃない」

嘘という言葉に反応して、リディは周りを見やるが、何も飛んでいない。

つまり、信じられないことに、この公爵は、本当にリディと結婚したがっているということだ。

――なんてことでしょう。私は、こんなこととは一生、無縁で過ごすはず――いいえ、無縁でないといけなかったのです。


あれは十六歳のときことだ。

社交界デビューする日が近づいてきたというのに、生理周期が安定しないのを母が心配し、リディは、専門の医者のところに連れていかれた。特にこれといった治療法を提示されることなく、ただ、妊娠は難しいだろうとだけ告げられた。

半年に二、三回しかないのだから、薄々そうだろうと母もリディも思っていたが、引導を渡された形だ。

実のところ、リディはどこかホッとしていた。

というのも、六歳のとき参加した王宮のガーデンパーティーが嘘の花にまみれていたからだ。あれ以来、リディは社交界に恐れをなしていた。嘘の花にまみれた社交界で婚活をするなんて想像しただけでぞっとする。

悲しんだのは母のほうだ。彼女は子どもたちを愛していて、だからこそ子どもを産み育てることこそが女の幸せだと思い込んでいる。

そんな母を、リディは明るくこう言って慰めた。

『なら私、お母様とずっとこの家で過ごせるということですね』

『リディ……そう。そうね。あなたは本当にいつも前向きで……私、リディのこと大好きよ』

母は涙を浮かべてリディの手を両手で包んだ。

『私もお母様のこと大好きです。でも、この家にいるからには私、役に立ちたいと思っています』

『そんなことを考える必要はないわ。ここは今もこれからもあなたの家なんだから、のびのびと暮らして』

『お母様、それだと生きがいがありません。お父様の農地管理のお仕事、手伝わせていただけませんでしょうか』

良妻賢母の彼女には、こんな発想自体がなかったらしく、目をぱちくりさせていた。

生きていくには何か心の拠り所が必要だ。

リディの周りの貴族女性たちにとって、それは子どもだったり、夫だったりする。

だが、貴族以外に目を向ければ、家庭教師や侍女など、結婚せず、仕事を拠り所にしている人などたくさんいる。

幸か不幸かこの家を継ぐ予定の兄ジェラルドは、こつこつ仕事をするのが苦手だ。リディは裏方として、農地管理に携わろうと決心した。

それからというもの、彼女は農学や経営学の勉強に勤しみ、今ようやく収穫量の前年比という形で成果を出したところなのだ。

だが、現在のこの状況はどういうことだろう。

初代フォートレル公爵である彼が最も必要としているのは、彼の血を引き、公爵位と広大な領地を受け継ぐ子息のはずだ。

その彼とリディが結婚していいはずがない。

リディは無言ですっくと立ち上がり、向かいの席に腰を下ろす。

「公爵閣下、今度こそ私、本当に社交界から消えるので、お忘れになってください」

「それは無理だ」

「どうしてです？」

「君を考えない日なんかない」

真剣な眼差しで公爵にそう言われ、リディは震えた。

これは決して恐怖からではなく、喜びによるものだ。喜びのあまり震えることがあることを、リディは初めて知った。

こんな素敵な人に、こんなにも想ってもらえるなんて夢のようだ。もし、自分に嘘を見抜ける能力がなかったら、何かの冗談だとして取り合わなかっただろう。

この能力は、恋愛という拠り所を失くした替わりに、神様が授けてくれた能力（ギフト）なのかもしれない。

馬車の中で、ふたりは黙り込んで向かい合っていた。車内には、馬の蹄（ひづめ）と、車輪が回る音だけが響いている。

同じ無言でも、農園を散歩していたときとは真逆で、馬車の中の空気は張りつめていた。

会話のないまま、ドワイヤン伯爵邸の車回しに着く。

エントランスの前で、公爵が先に降り、リディの手を取って彼女を降ろした。

「家まで送ってくださって、ありがとうございました」

リディが俯き加減でそう述べると、公爵に「また会おう」と言われた。

「もう、私のことはお忘れになってください」

リディはそう告げて踵を返し、エントランスへと足早に去る。

なぜか瞳から涙があふれてきて、リディは袖で拭った。

第三章　公爵の本気

ドワイヤン伯爵邸のエントランス前に停まっている豪奢な馬車は、夕陽に照らされ、橙に染まっている。その馬車を、三階の窓から見下ろしている者がふたりいた。

リディの両親だ。

伯爵が複雑な表情で妻に問う。

「あれは、フォートレル公爵家の馬車だろう？」

「ええ。今朝、突然、公爵閣下がお訪ねになって、リディがバルビゼ農園に出かけているとお伝えしたら……」

「そうしたら、閣下がリディとともに仲良く戻ってきたと？」

「閣下はリディを追って農園で落ち合ったのでしょう」

そのとき、公爵家の馬車が、ゆっくりと動き出した。

「閣下がリディを気に入られたということか？」

「おそらく……」

顔を曇らせた妻の肩を、ドワイヤン伯爵は抱き寄せる。

本来なら、娘が王弟に見初められたなんて諸手を挙げて大喜びするところだ。だが、相手が王弟なだけに、継嗣を産めそうにないリディを嫁がせるわけにはいかなかった。

「あってはならないことだ」

「……ええ」

「これが、オフェリーだったらよかったのにな……」

「……ええ。本当に」

伯爵夫人は目頭をハンカチーフで押さえた。


そのひと月後、ドワイヤン伯爵邸で再びガーデンパーティーが開かれた。

書斎で机に向かうリディの横で、ジェラルドが囃し立てる。

「なんと今日もフォートレル公爵閣下がご降臨！　リディ、ほら、この間のお茶会のときのドレス、可愛かったじゃないか。早くあれに着替えて」

「先日のお茶会で懲りました。私は出ません」

リディは今までになく、きっぱりと申し述べた。

「リディは頑固だからなぁ」

ジェラルドは残念そうに言って自身の足もとに目を遣る。猫のエスポアが、ジェラルドの脚に頭をこすりつけては物欲しそうに見上げていた。

それもそのはず、彼は生のサーモンを手にしているのだ。

ジェラルドは俯いたまま、ニヤリと笑む。

リディの抵抗など想定内だ。せっかく公爵がリディを気に入ってくれているのだから、なんとか成婚させたい。

それがリディの幸せになり、いずれジェラルドの昇進とドワイヤン伯爵家の隆盛へと繋がっていく。

——俺、今、考え方がすごく家長(かちょう)。

彼は諦めたふうに書斎を出ようとして、チラッと振り向き、エスポアがついてきているのを確認した。

リディは相変わらず机に向かっていて気づいていない様子だ。


リディは庭の喧騒(けんそう)など気にかけず、心を無にして最新農法の本を読んでいた。

だが、使用人たちのこんな声が聞こえてきたら、じっとしているわけにはいかない。

「お嬢様の猫が魚料理を狙っています」

「なぜ庭に出てきたんだ」

「早く捕まえないと」

驚いてリディが振り返ると、エスポアの定位置である丸いラタンのバスケットが空である。

リディは大急ぎで階段を下りて裏口から出た。

そのとき、フォートレル公爵の低く落ち着いた声が聞こえてきて、リディは慌てて木の幹の裏側に回る。

公爵が美しい令嬢と話していた。

彼の周りには、はらはらと青い花が舞っているので、相変わらず歯が浮く台詞でも口にしているのだろう。

やがて令嬢が何かを差し出し、公爵が受け取ると、彼女が辞儀をして急ぎ去っていった。

――勇気を出して恋文を渡したものの、恥ずかしくなって去った……そんなところでしょうか。

公爵がそこに留まっているものだから、リディは出るに出られなくなる。

彼は手紙に目を落とすと、口もとに笑みを浮かべた。さっき令嬢といるときは作り笑いだったが、今は、本当に可笑しいと思って笑っている。

どんな楽しいことが書いてあるのだろうかと思っていたら、彼がその手紙を放った。近くにあった鋳鉄製のごみ箱に入りそうになったところで、風が吹いてごみ箱の縁に当たり、地面に落ちる。

――誰かに読まれたりしたら大変です。

リディは咄嗟に出ていって、手紙を拾った。

「こちら、落とされましたよ」

彼女が公爵に声をかけ、手紙を差し出すと、彼がものすごく驚いた顔をしていた。

「今日は、会えないかと思っていたよ」

リディだって会わないつもりだった。ただ、さっきの令嬢が振りしぼった勇気が捨てられたようで、拾わずにはいられなかったのだ。

「ひ、人が心をこめて書いた手紙を捨てるなんて……よくないです」

リディが抗議したら、公爵が片眉を上げた。機嫌がいいとは言えない表情だ。

「読んでみたら？」

「そ、そんな……人の手紙を読むなんて、できません」

「もらった人間がいいと言っているんだ。読んだら、なぜ捨てようと思ったか、わかってもらえるから」

——善良そうな令嬢に見えたのですが……よほどひどいことが書いてあるのでしょうか。

「さ、さようですか。失礼いたします」

リディは目を落とす。

きれいな字だし、愛の告白も真剣そのもので、どこも笑えるところなどなかった。

「さっき、これを読んで……笑っていらっしゃいませんでしたか？」

「そこから見ていたのか」

リディは急に恥ずかしくなる。

——これでは私のほうが、つきまとっているようです。

「猫を探しに来ただけです。この手紙のどこが可笑（おか）しかったのですか？」

「だって、あの娘、二、三回挨拶したことがあるだけで、私のことを何も知らないくせにわかったようなことを書いて……笑うしかないよ」

と、公爵が笑んだ。

だが、それは今まで見たどの笑みとも違っていた。

口角は皮肉っぽく片方が上がっているだけで、いつもの瞬く星のような瞳は昏く、冷たかった。

——これが、この方の本性ということでしょうか。

それならば、婚前なのに馬車の中でリディを弄ぶようなことをしたのも納得だ。

「では君は、私がこの告白に感動して、彼女に優しくしたり、甘い言葉を囁いたりしたほうがいいとでも言うのか？」

「そ、そんなこと……おふたりの関係でしょうから、私がどうこう言える立場にはありません」

彼の眉間に皺が寄った。

「どうして？　馬車のことは、なかったことになっているとでも？」

「あ、あれは閣下が強引に……なかったことにしてください！」

「あれで終わらす気はない。結婚してくれ」

公爵がリディの手を取り、その甲にくちづけたまま、情熱的な眼差しを向けてくる。

リディの心臓がどくんと跳ねた。

——手紙、見て見ぬふりをすればよかったです。

「……結婚だけは無理です」

「どうして？」

「人の真心を捨てるような方とはできません」

――〝公爵閣下〟にこんな無礼なことを言うなんて自分でも信じられません。

「君から手紙をもらえるなら、捨てたりしない。一生、大事にする」

彼がリディの瞳から視線を外すことなく、彼女の手を裏返し、今度は掌にくちづけてきた。

その瞬間、ぞくりと小さな快感に襲われるが、それに気づかないふりをして、リディは反論する。

「……お、おかしいです。どうして閣下ともあろう御方が、私の手紙を大事にされるというんです？」

「君のことが好きだからだ」

真顔で言われ、リディは一瞬怯んでしまうが、そのとき、生垣の隙間からエスポアが現れて、自分を取り戻す。

「先ほどの『私のことを何も知らないくせに』というお言葉を、そのままお返しします。私に近づいても失望なさるだけです。お忘れになってください！」

リディはこれ以上、彼といっしょにいたら突っぱねられなくなりそうで、急ぎエスポアを抱え、逃げるようにしてその場を去る。

「私は忘れるつもりなどない。いいな」

背後から不満げな声が聞こえてきたが、振り返ることなく、リディは邸に入った。

「フォートレル公爵閣下とリディの婚約が決まりました」

母から告げられたその言葉は、リディにとって、あまりにも寝耳に水だった。

それは、自邸のガーデンパーティーで公爵と決別してから、ひと月ほど経ったときで、その間、公爵とは一言も交わしていない。

リディには冗談としか思えないが、テーブルを挟んで向かいに座る母の顔は真剣そのものである。

公爵はリディを忘れてくれなかったようだ。それはそれとして、なぜ両親がこの縁談を受けたのか、そこが最も解せない。

「お母様、これは公爵閣下を騙すことになりませんか？」

「ならないわ」と、母が即答した。

どうして、こんなにきっぱりと言えるのだろうか。

「王弟のために作られたフォートレル公爵家が一代で終わってしまうなんて、そんなこと、絶対に避けなければいけないことでしょう？」

母が後ろめたそうな表情になった。

「……稀発月経だって、まれに妊娠することがあると、お医者様が言っていらしたわ」

「閣下をそんな小さな可能性に付き合わせるわけにはいかないでしょう？　それに私、もう違う幸せを見つけたんです」

「幸せ？」

「農園で、収穫量が増えたって感謝されたんです。今回の農法を広げたら、領地全体の収穫高が上がるのは確実です。すごくやりがいのある仕事だし、私はこの家に貢献できます。お母様、女性は結婚を諦めたら、こんなにも自由になれるんですよ」

リディが珍しく感情を高ぶらせているので、母は少し驚いた様子だったが、すぐに目を逸らす。

「あんなにも、あなたのことを愛してくださる立派な方がいて、これ以上の幸せがあるとは、私には思えないのよ」

結局、母との話は平行線で終わり、婚約を取り消してもらうことはできなかった。

母はきっと、公爵の気迫に負けて、リディの秘密を明かせなかったのだろう。自分の娘のこととはいえ、男性には言いにくい内容だし、ドワイヤン伯爵家としてはこれ以上ない良縁だから、致し方ないことである。

こうなったら、リディが結婚できない真の理由を、公爵に直接伝えて結婚を諦めてもらうしかない。

だが、リディは世間知らずで、公爵邸を訪問するとき、どんな手順を踏めばいいのか、見当もつかなかった。

――訪問したいという手紙を書けばいいのでしょうか？

返事を待っている間に、結婚の段取りを進められてはまずい。無駄な準備で迷惑をかけることのないよう一刻も早く真実を伝えるべきだ。

そういえば公爵はこんなことを言っていた。

『常識なんて破ってしまえよ』

どのみち結婚する気をなくしてほしいのだから、常識を破って嫌われたら御の字だ。

リディはこっそり自邸を抜け出して、フォートレル公爵邸を訪れる。ばれないように馬車を使わず、徒歩にした。

門番に、公爵に会いたいと伝えると、「初顔だね」と言われた。さすが公爵家の門番。令嬢が押しかけてくることに慣れている。

ただ、公爵は今、留守をしているらしく、また来るよう言われた。だが、早く伝えないと取り返しがつかなくなる。

リディは門の前で待つことにした。


それから四時間後、空が茜色(あかねいろ)に染まり始めたころ、公爵の執務室で衛兵長は、日課である警備報告の最後に、門前の令嬢について言及した。

「閣下がお留守だと伝えれば大抵、諦めてお帰りなるんですが、本日の若いご婦人は、閣下がお戻りになるまで待つとおっしゃって譲らず、なかなか粘り強い方でして……もう四時間も門の前に立っているんです」

「なんだって？　今日は冷える。家に連絡して、迎えが来るまで邸に入れてやりなさい」

「それが……リディという名前だけで、どの家の令嬢ともおっしゃらないのです。馬車でなく徒歩で現れたし、服も質素なので、そもそも貴族ではないかもしれま……」

「リディだって⁉」

報告はまだ途中だというのに、公爵が驚きの声を上げ、すごい勢いで椅子から立ち上がった。

「心当たりがおありでいらっしゃいますか？　鳶色の髪に緑の瞳の令嬢です」

「ある。大ありだ！」

そう語気を強め、公爵がコートも羽織らずに居室から出ていったものだから、衛兵長は呆気に取られた。

それにしても、あの令嬢は何者なのだろう。

公爵は、刺客が現れたときだって泰然としていて、公爵が慌てるところを見たのは、これが初めてだった。


一方、リディは門の前で歯をガチガチさせて待っていた。親切な門番が見かねて、暖を取れるところで待てるよう上長に掛け合ってくれたので、もう少しの辛抱だ。

手と手をこすり合わせていたら、白い花がひらりと舞い降りた。

嘘の花かと思って顔を上げると、雪だった。道理で冷えるはずだ。

公爵は、ほかの人と話しているときは嘘だらけなのに、なぜかリディと話しているときだけは、嘘がない。

『少なくとも私は、リディと社交場で会いたいと思うよ？』

『私も風景よりも、君のことを見ていたいと思っていたんだ』

『君から手紙をもらえるなら、捨てたりしない。一生、大事にする』

一時(いっとき)のこととはいえ、あんなに素敵な人から甘い言葉をもらえたなんて、一生独(ひと)りで生きていこうと決めたリディへの、神様からの贈り物のように思えてくる。

——でも、なんて残酷な贈り物なのでしょう。

彼のことを知らなければ、平穏な毎日こそが幸せだと微塵も疑うことなく生きていけただろうに。

なんだか鼻がつんとして涙が込み上げてきた。

——きっと、寒さのせいです。

そのとき、金色(こんじき)の格子門の向こうに、黄金(きん)の髪の男性が現れた。幻を見てしまうぐらい、いつの間にか、彼のことを好きになってしまったのだろうか。

「リディ、どうしてこんなところに……事前に連絡してくれればいいのに」

「常識を破るのもいいかと……」

リディは急にガタガタと震え出す。

門扉が左右に開くと同時に、リディは公爵に抱き上げられた。

「すっかり冷えているじゃないか」

リディは宙に浮かんで大きな躰に抱かれていた。夢なのかもしれない。夢なら覚めないでほしい。

——変です。夢の中なのに、急に眠たくなってきました。

「リディ？　リディ⁉」

遠くで公爵がリディを呼ぶ声が木霊する。

——低くて落ち着いた声なのに……甘い……素敵な声……。


リディが目覚めると、見たことのない黄金の天蓋があった。

——ここはどこでしょう？

しかも、リディはシュミーズ一枚で、温かいものに包まれている。

温かいものが、リディから少し躰を離し、顔を覗きこんでくる。目の前に、フォートレル公爵の顔が現れたのには驚いた。しかも裸である。

——ま、まさか裸の閣下に抱きしめられていたのですか？

彼が心配そうに見つめてきた。

「ああ。よかった。躰が冷え切っていたんだよ。大分温かくなったね？」

優しげな声で囁かれ、リディはぞくぞくしてしまう。それは決して冷えからではなく、腹の奥底から湧き上がってくる、得体のしれない甘い熱のせいだ。

「あ、あの……私、どうしてここに？」

「心配して医者に診てもらったら、眠っているだけだと言われて、ようやく人心地ついたよ。寒さにやられたんだろう。私は体温が高いから、こうやって君を温めていたんだ」

「ご、ご迷惑をかけて申し訳ありません！」

リディが慌てて起き上がると、彼も起き上がって、横から抱きしめてくる。

「もう夜だ。今日はゆっくりしていったらいい」

「ですが、親が心配します」

「ご両親には、公爵邸（ここ）に泊まるとお伝えしておいたよ？」

そう言って、リディの頭に頬をすりつけてきた。

——気持ちい……ではなくて、どうして新婚夫婦みたいなことになっているのでしょう。

「泊まらせていただけるなら、ほかのベッドをお借りできますでしょうか。もう寒けがなくなりましたので」

「水臭いな。結婚する仲だっていうのに」

そのとき急に、ここに来た理由を思い出した。

「そ、それ。それ困ります。どうにか翻意していただきたいと思って押しかけてきたんです」

「翻意？　君は結婚を承諾したんじゃないのか？」

ありえないという顔をしている。それもそうだ。彼に求婚されて断る令嬢なんて、この国ではリディぐらいだろう。

「私の両親が承諾したようですが……なぜ承諾できたのか、不思議なくらいです」

公爵が黙って、リディを抱きしめてくる。温かい。

彼の黄金の睫毛が瞳にかかった。昼間はサファイアのように硬質な青い瞳は、今は蠟燭の炎に照らされて蠱惑的に揺れている。

目が、離せない。

唇に唇を押しあてられ、リディが驚きで固まっていると、彼が舌で口をこじ開け、当たり前のように奥深くまで満たしてくる。

ぐちゅぐちゅと口内を掻き回され、リディは頭の奥が麻痺していく。

しかも、公爵が顔の角度を変えては、また舌を挿れてくる。

もう、何も考えられない。

こんなことを繰り返されながら、リディは腰を掴まれ、躰を持ち上げられた。

リディは脚を左右に広げられ、向き合う体勢で彼の膝に下ろされる。そのはずみで唇が外れる。

はぁ、はぁと、運動したわけでもないのに息が上がっていた。リディが視線を上げれば、彼の顔がある。半ばまで瞼を閉じた瞳が妙に色っぽくてまじまじと見てしまう。

彼の左右対称の形のいい唇が動いた。

「その顔は、私にしか見せてはいけないよ？」

——どんな顔をしていたと言うのです？

彼がリディを見つめながら、手の甲でそっと頬を撫でてくる。

うっとりしそうになったところで、リディは、なんとか快感を抑えこみ、こう言い返す。

「顔どころか今後、私の姿を、貴族の方たち……どなたにも見せる気はありませんわ」

——もともとガーデンパーティーに少し顔を出して終わるはずだったのです。

それなのに、どうして公爵と肌を重ねるような事態になっているのか。

「社交界から消える気か？　だが一旦、社交界に出たら、君のような美しい令嬢は、男どもが放っておかないから、もとには戻れない」

不可抗力だったとはいえ、セドリックとふたりで庭を散策したのは悪手（あくしゅ）だった。

リディの頬を撫でていた彼の指先が、つつつと唇へと進み、唇の形をたどっていく。

それが、なぜか今まで体験したことのない快感を呼び起こし、リディは、彼の艶（つや）めいた瞳を呆然と眺めることしかできなくなっていた。

彼の指が歯列の隙間から入り込んできて、リディは思わず「ふぁ……」と声を上げてしまう。

「とろんとした瞳で、すんなり私の指を受け入れておいて……。ねえ。提案があるんだ。結婚する、しないは躰の相性で決めないか？」

彼の笑みは、社交界での愛想笑いでもなく、農園で見せた心からの笑顔とも違い、片方の口角を上げただけで、目が全然笑っていなかった。

何か企(たくら)んでいるような表情だ。

そんな悪人のような表情だというのに、妙に決まっていて、リディは不覚にも見惚れてしまう。

「相性……ですか？」

性格ならわかるが、躰と躰に相性なんてあるのだろうか。

「ああ。君に悦(よろこ)んでもらえるよう努力する」

そう言いながら、公爵はリディの背に回した手で、彼女を後ろに傾ける。

胸の先が温かく濡れたものに包まれ、リディは「あっ」と、驚きの声を上げた。リネンのシュミーズの上から、彼が乳暈(にゅううん)を口に含んでいた。

——閣下の口が私の胸に……？

見間違いとしか思えない光景だ。

リネン越しに、彼が舌を使って乳首をしごいてくる。しかも、もう片方の胸のふくらみは、その大きな手で覆われ、ゆっくりと揉(も)まれていた。

——ここ、気持ちよすぎ……です。

リディは、はあはあと必死で快感を逃す。そのとき、彼が胸の芯を指でよじり、乳首に布地がこすれた。

「んんっ」

甘美な刺激にリディは目をぎゅっと閉じ、後ろに倒れそうになるが、彼の腕で支えられていたため、それはなかった。

「胸、弱いんだね？　もっと可愛がってあげるよ」

何かいい発見でもしたように、その声は喜びを含んでいた。

今度は、布地の上から乳首を強く吸われる。

「ああ！」

リディは背を仰け反らせて悶える。触れられているのは胸なのに、さっきから下腹が切なくなっているのはなぜなのか。

――何、これ……私の躰？　変です。

「あぁ……リディ。私の腰に脚をすりつけて……胸だけで感じているんだね？」

「だって……へ……変……こんなこと……どして……」

公爵が変なことをするせいだと責めるような気持ちで、リディは涙目で訴えた。

「変じゃないよ。だって感じてほしくてやっているんだから。もう、ここ立ってきたね」

そう言って公爵が軽く噛んできたのは乳首だった。布地越しのせいか、痛みはなく、新たな快感が生まれるだけだ。

——立つ？　乳首がですか？　まさか。

公爵が乳首を強く吸いながら、手を膝から這い上げてくる。

彼の腰に跨（またが）った時点ですでにシュミーズがめくれ上がっていたので、彼の少しざらついた掌が肌に直接触れていた。

その手がゆっくりと躰の芯に近づいてくるにつれ、ぞわぞわと全身の皮膚という皮膚が粟立（あわだ）っていく。

——もうだめ……。

そう思ったとき、彼の手が下穿（したば）きの切れ目から中に入り、脚の付け根に蓋をされた。

「……そんな……とこ……どうして？」

こんな恥ずかしいところを触られているというのに、とてつもない快楽が躰を駆け抜ける。

しかも彼が、手を前後させて撫でてきて、なぜか水音が立つ。

——どうして、こんなところが濡れているのでしょう？

公爵がまるでリディの心でも読んだように、こう告げてきた。

「こんなに蜜を垂らして……私はかなり歓迎されているようだな」

そのとき、ぐぐっと何かが入り込んできた。

——私の躰の中に、こんな路（みち）が？

しかも、腹の奥で、それをひくひくと間歇的（かんけつてき）に締め上げているのがわかる。そんな蜜壁の動きが、さらに彼女を昂らせる。

「見なさい。十分潤っているから、すんなり入ったよ？」

リディが恐る恐る視線を下ろすと、あろうことか彼の中指が半ばまで、自身の中に沈んでいるではないか。

リディは見ていられなくて顔を背けた。だが、指の感触からは逃れることができない。甘い痺れに捕らわれ、躰をわななかせる。

「気持ちよさそうなのに、どうして見ないんだ？」

掠れた声で、耳もとで囁かれ、リディはぞくぞくと体中を快感に侵されていく。

彼が耳を食みながら、指を少し退いた。

このまま指を外してくれるのかと思ったら、再び押し込んでくる。この動きを何度も繰り返され、そのたびにぐちゅぐちゅと蜜が掻き出された。

しかも耳穴のあたりを肉厚な舌で舐め回される。

「ふぁ…ぁあん」

リディの口から甘えるような声が漏れ出す。

「私の指、かなり気に入ってもらえたようだな？　どんどん締めつけが強くなっているよ？　もう達きそうじゃないか」

濡れた耳に息がかかった。そんなことが新たな快感を生む。体中が敏感になっていて、彼に何をされても愉悦に結びついてしまう。

リディはそのまま後ろに倒され、ベッドに仰向(あおむ)けになった。指の角度が変わって、お腹(なか)側のある一点を押された。

「あっ！　あぁん」

「……弱いところ、もう見つけたよ？」

公爵が、リディの脚の間で膝を突いて彼女の両脚を広げ、蜜壁のその一点を指先でぐりぐりと押してくる。

「ひゃ、あぁん……そこ……おかしくな……ふぁ」

リディはもうおかしくなっているのかもしれない、シーツを掴んで首を左右に打ち振っていた。

「あと少しだな」

そのとき息がかかったのは、濡れに濡れた秘所だ。いつの間にか公爵は、彼女の下穿きを脱がして脚の間で屈んでいた。

彼が両太ももを掴んで持ち上げる。これでは大事なところが丸見えである。

「いやぁ……見ないで……くだ、さい」

「うん？　でも君のここは私に舐めてほしがっているよ？」

「ああっ」

べろりと秘裂を舐め上げられ、リディは目を疑った。

こともあろうに、リディの両脚の間で彼が野性的な眼差しを向けてきている。

「君のここは、とてつもなく美味だな」

「いや！　こんなこと、変です」

「変じゃない。愛し合う男女がやることだ」

「そんなわけ……な……ぁ」

彼が再び、彼女の股間に顔を埋め、じゅうっと、蜜源を吸ってきた。その生々しい感触に、下腹がじんじんと熱くなる。意識が遠のきそうだ。

彼が舌先で秘裂を愛撫しながら、その上にある小さな尖りを指の腹でくにくにしてきたとき、リディは「あぁ！」と小さく叫ぶと同時に、意識がどこかに飛んでいった。

――私が、嘘の花になったみたいです。

リディはしばらく、ふわふわと空中を浮遊するような感覚の中にいた。やがて現実に引き戻されると、再び彼の腕に包まれている。

――なんて温かいんでしょう。

リディは寒がりでいつも猫を抱きしめて寝ているが、公爵は全然違う。守られているような安心感があった。

――待って。恋文を笑うような人を相手に、どうしてまた安心なんかしているんでしょう。

「リディ、戻ってきたのか？」

急に問われ、リディは驚く。

「え？　ええ……。さっきまで微睡んでいたようです」

いつの間にか、リディは全裸になっていた。

「頬に赤みが差しているし、腹の底から熱くなっただろう？　朝まで抱きしめてやれば、きっと芯から温まるよ」

公爵が、横向きのままぎゅっと抱きしめてきた。

リディは混乱してしまう。

今のは不埒な行為だが、実際、彼女の躰は温まっている。

「んっ」

ローランが下腹に手を置いてきた。それだけで、リディはびくんと腰を浮かせる。

「これだけ躰の相性からいいなら、もう結婚するしかないよ？」

リディは半眼になった。

――そういえば、さっき一方的にこんな提案をされたのでした……。

彼が、ちゅっと唇に触れるだけのキスをしてきた。

「でも今は結婚前だから、最後まではやめておこう」

ここまでしておいて、今さら紳士面をするなんて、公爵はずるい。

リディは、彼を見据えた。

「結婚前に性交渉をしないのは、婚前に妊娠したら外聞が悪いからでしょう?」

公爵が真顔になる。

リディは彼の返事を待たずに続けた。

「でも、私の場合、その心配はありませんの」

公爵がどんな反応をするのか観察しながら、リディは息を継ぐ。

「……だって、私、子どもができない躰なのですもの」

結婚で一番大事なのは、相性ではなく継嗣の誕生だ。

——ロマンチスト閣下は、どんなふうに求婚を取りやめにするのでしょうか。

こんな見ものは、なかなかなかなかないだろう。それなのに、リディの胸がきりきりと痛むのはなぜなのか。

だが、彼は何も驚きはしなかった。

ただ、どう切り返せばいいのか考えあぐねている様子だ。

「……ご存じでしたのね」

「ああ。結婚を申し込んだら、君の母上から聞かされたよ。母娘そろって正直者だ」

その口調は、天気の話でもするように淡々としている。

「そう……でしたか」

これが最後のカードだ。

リディには、結婚を阻止できるような切り札はもう残っていなかった。

なす術が見つからず、リディが動揺していると、彼が慈しむような眼差しで、ゆっくりと額にくちづけてくる。そこからじわっと全身に温かさが広がっていく。

なぜだかリディは泣きそうになった。

だが、すぐにそんな感傷は振り払う。

「母からお聞きになったのに、私への求婚を取り下げなかったのは……私を憐れんでのことですか?」

公爵のような身分の高い人間に、こんな不躾な問いを投げかける勇気が出たのは、距離の近さのせいかもしれない。

公爵が一転して険しい顔つきになった。

「間違えるな」

と、頭ごなしに言われ、リディがびくっと身をすくめたところで彼の手が頬に伸びてくる。

「それは、君のことを、愛しているからだ」

見たことのないような優しい眼差しで、一言一句、噛みしめるように言い聞かされ、リディは呆気に取られる。

今まで、何ひとつ好かれるような努力をしてこなかったのに、どうしてこんなことになっているのか。

リディが言葉を失っていると、公爵が続ける。

「別に私は国王ではないから、世継ぎのために結婚しなくてもいい。ただ毎日、朝起きたら横に君がいて、朝食をともにし、たわいもない話をしながら散歩して、夜寝るときも君がここにいたら……そうしたら幸せだろうって……ただそれだけだ」

こんなことを訥々と語ってくるものだから、リディは瞠目した。

――ああ、どうして！　どうしてなんです？

どうしてこの人は、こういうときに限って花が飛ばないのだろうか。いっそ飛んでくれたほうがよかった。

――そうじゃないと、私……閣下のこと……。

「好きになってしまうでしょう？　やめてください」

気づいたら、リディは涙声でそうつぶやいていた。

公爵が眉を下げて困ったように笑い、顔を覗きこんでくる。

「……好きになって……くれないか？」

リディは何も答えられなかった。ただただ、瞳から涙が零れていく。

頬に伝った涙を公爵が舐め上げてきた。

彼女が目を瞑ると、まぶたに軽くくちづけられる。その感触が優しくて、涙がさらに込み上げてくる。

「この涙は……今まで見た、どんな宝石よりも美しい」

公爵がリディの上唇を食むと、鼻が触れそうな距離で見つめてきた。再びちゅっと唇をついばみ、酩酊したような眼差しを向けてくる。

そんなことを幾度、繰り返されただろうか。

やがて、リディは頭がぼうっとしてくる。頬は涙に濡れ、その口は半開きのままだ。

彼が、少し開いたままの唇に唇を重ね、舌を入り込ませてくる。

彼女は自ずとその舌に自身の舌をからめる。しばらく夢中でお互いの舌をからめ合っていた。ちゅ、ちゅぷという淫猥（いんわい）な音でさえも、今のふたりには福音のようだ。

唇が離れてもなお、細い蜜の糸がふたりの間を繋ぐ。

公爵が、リディに酔ったような眼差しで、こんなことを言ってくる。

「ローランと呼んでくれ」

「……ローラン……様」

以前は、名前で呼ぶことに抵抗があったのに、それがもうなくなっていた。

「やっと呼んでくれた」

そう言いながら、ローランがリディを仰向けにして組み敷く。

覆うようにして躰を密着させてきたが、重みはかからなかった。彼が、自身の躰を前腕で支えていたからだ。ちょうど胸の先が胸板に触れるような近さで、彼が少し動くたびに、こすれて甘い疼（うず）きが生まれる。

「うぅん」

と、リディは甘い声を漏らしていた。

「これだけで気持ちいいなら……」

ローランが片腕をリディの背とシーツの間に押し込んで彼女を抱きしめるようにして自身の躰を支えたものだから、直に肌が触れ合った。ふたりを隔てていた布地がなくなっただけで、こんなにも気持ちよくなるなんてリディは思ってもいなかった。

ローランがリディの頭を撫でるように髪を掻き上げてくる。

「君の躰は外で冷え切っていたし、今日は最後までする気はないよ」

最後までしない理由が変わった。

彼は口ではそう言いながらも、雄芯は硬く反り上がり、さっきからリディの太ももを圧していた。

この現象については兄と姉の内緒話で耳にしたことがある。

――こういうとき、最後までしないのは、男性にとってかなり辛いことだと兄が言っていました。

ローランは、子どもができなくても結婚したいと言ってくれた。その気持ちだけで十分だ。

彼に抱かれるなんて、それだけで、普通の女性の一生分の甘い思い出にだって敵わない。

――いいえ。比べるほうがおかしいです。

好きでもない政略結婚の相手に、子を作るためだけに幾度となく抱かれる普通の貴族夫人に比べたら、この上ない幸せといえよう。

リディは思い切って彼の首を掻き抱いてみる。

「ローラン様が十分温めてくださったので、私はもう大丈夫です」

「リディ……だが」

誠意なのかもしれないが、リディの躰をこんなにも熱くしておいて、ここでやめるというのは、ない。

リディは彼の瞳をじっと見つめた。

「相性がいいかどうか……まだわかりませんわ」

「いいのか……。だが、もう私にはわかっているよ。私たちは相性がいいって」

ローランが、唇が触れるだけのキスをすると、顔の位置を下げ、乳暈を舐め上げ、強く吸ってくる。

直に触れる舌は生々しく弾力があり、布越しでの愛撫より鮮烈で、リディを狂わせるには十分だった。

「あぁっ……ローラン……さまぁ」

リディは無意識に、彼の背に回した手の指先にぎゅっと力をこめていた。

「そうだ。リディ、そうやって私をつかまえて、毎日、私の名を呼んでくれ……ずっとだ」

そう言って彼は、再び胸の先にかぶりつき、もう片方の乳首をぐりぐりと指でよじってくる。

眩暈(めまい)がするような喜悦が、リディの躰を突き抜けた。

「あぁん……そんなの……気持ち、い……ローラン様、私……どうしてぇ……」

彼は乳首を執拗(しつよう)に舐めながら、指先を胸から下げていく。下腹を通過し、下生えの中へと進んで小さな芽に当たったとき、リディは、びくっと腰を浮かせた。

――どうして……こんなところが敏感なの？

「リディ……実はさっきから、私はもう限界だったんだ」

呻くように彼がそう言うと同時に、リディの脚の付け根に、ぬめったものが這い上がってきた。

「早く君の中に入り込みたくて、待ちきれなくなっている。いいね？」

「……はい……ください」

ローランが、彼女の太ももを掴んで広げる。

「リディ……君には……驚かされてばかりだ」

彼が教えてくれた、リディの中にある路。その入口に、猛ったものの尖端があてがわれている。

「お……大きい……？」

怖気づくような気持ちが生まれたとき、彼が再び胸の頂を強く吸い、同時に、蜜芽を指で優しく撫でてきた。

「あ……気持ち……い……そんな……」

そのとき、脚の付け根に、熱塊が押し込まれたが、大きすぎて恥丘を圧しただけで終わる。だが、蜜口は早く迎え入れたいとばかりにひくひくと痙攣していた。

「ああ……可愛いリディ、君を痛い目になど遭わせたくないのに……少し、少しだけ我慢してくれ」

「いいの……。あなたと繋がりた……もっと……」

ローランが彼女の両脇に手を突いて背をしならせ、猛ったもので未踏の隘路を押し開いていく。

「いっ……」

一瞬、痛みが奔り、リディは彼の腕をぎゅっと掴んでしまう。

彼が動きを止めて、見下ろしてきた。

「このまま進めて大丈夫か？」

リディは上がった息の中、なんとか声を絞り出す。

「もっと深く……くださ……い」

「そうだ。深くまで繋がって、ひとつに……！」

ローランが再び、ぐぐっと押し入ってきて、みっしりと最奥まで埋め尽くすと、まるで形を覚え込ませるように、腰を動かし、中を掻き回してきた。

「あっ、あぅっ……あっ」

蜜壁の四方八方が刺激され、爛熟(らんじゅく)した熱が下腹から全身へと奔流のように駆けめぐっていく。

「君の中、うねって……まるで悦(よろこ)んでいるみたいだ」

そう言い終わらないうちに、彼は剛直をずるりと半ばまで引き抜く。蜜壁がこすれたことで新たな愉悦が生まれる。

リディはもう彼にしがみつくこともかなわず、両腕をシーツに投げ出した。

かろうじて亀頭が繋がっているようなところまで退くと、彼が再びのめり込ませてくる。最奥まで到達すると、ゆっくりと退くが、半ばで止まり、今度は、ずんっと一息に欲望をぶつけてきた。

緩急をつけた彼の抽挿は、リディの反応を試しているかのようだ。

「あっ……い……ふぁ……あん……んっ……ぁあ……ふぅ」

リディは、その律動に合わせて喘ぐことしかできなくなっていた。

天蓋から垂れるドレープの中は、彼女のあえかな声と水音で満ち、冬だというのに汗ばんだ肌と肌が吸いつくようにこすれ合う。

官能の繭の中で、ふたりの境界が曖昧になっていく。リディの躰から力が抜け始めると、彼が片手を広げて双つの乳首を同時にこすってきた。

リディがひと際高い声で啼いたとき、ローランは思わず精を放ったが、リディはすでに恍惚の境地に達していて気づくことはなかった。


リディが目覚めたときには、もうベッドの中も明るくなっていた。横を向くと、彼もこちらに顔を向けていて、鼻の頭が触れ合う。

ふたりはお互い裸のままで、上掛けの中で向き合っていた。

彼が軽いキスをしてきた。

「おはよう。よく眠っていたよ」

「あ、お、おはようございます」

一瞬、昨晩のことが脳裏によぎり、リディは恥ずかしくなって躰を離そうとしたが、彼がすかさず腰に手を回してきて抱き寄せられる。

大きく温かくがっしりした彼の躰に密着したうえに、サファイアの瞳が穏やかに輝いているものだから、リディはどきどきしてしまう。

こんな素敵な人に優しくされたら、あんなふうに痴態をさらしても仕方がない。

――でも、この、ローラン様が中にいるみたいな感じ、いつまで続くのでしょう。

リディは自身の下腹に手を置く。

「どうした？　もう一回してほしくなった？」

「い、いえそんなことは……」

「したいのはやまやまだけど、初夜の翌朝だから、控えておくよ。早く結婚して、たくさん愛し合おう」

――結婚……。

この言葉を聞くと、リディは急に怖気づいてしまう。彼に惹かれているからこそ、なおさらである。

「あの、私、結婚は……だって私……」

ローランが、急に、リディの唇を口で覆った。まるでその先を言うなとばかりに――。

昨晩の情事を思い起こさせるかのように、彼が口内に舌を挿入し、中をまさぐってくる。これだけで、リディは頭の奥がじんじんと痺れ始める。

唇が離れると、彼がすかさず、こうたしなめてきた。

「私は子どもなど好きではないし、その話は今後、なしだ。いいね？」

「は、はい」

――子ども、嫌いなのですね。

花が現れないのでこれは嘘ではない。それならば、リディが不妊であることは、彼にとっては好都合なのかもしれない。


その一時間後には、リディの両親が迎えにきて、エントランスに着くなり、ローランに平謝りしていた。

確かに、いきなり押しかけてきて、〝元帥閣下〟の時間を奪ったのだから、リディがしたことは許されざることだ。

それなのにローランは夫妻を応接室に招き入れると、開口一番、こう言った。

「リディが公爵邸に来たのは私に会いたいがためなので、今回のことは咎めないでいただけませんでしょうか」

しかも、リディが親に叱られないようにするためなのか、彼はリディを、両親のほうではなく、長椅子の彼の隣に座らせ、リディがすでに公爵家側の人間であるという演出をしたうえで、リディにこう告げてくる。

「正式な結婚の申し込みを知って駆けつけてくれて、私はうれしかったが、今後は親御さんに心配をかけないようにするんだよ」

「は、はい」

——って、本当にローラン様と結婚するようなことになっているんですけど？

彼がリディの手に手を重ねてくる。

——え？　親の前で。

案の定、両親ともに、今まで見たことがないくらい目を真ん丸とさせていた。

「君は私にとって大切な女性なのだから、今後は、ひとりでの行動は避けるんだよ。……そうだ。うちから護衛を派遣しよう」

リディにそう言うなり彼は、今度は両親のほうに顔を向け、こう続ける。

「ドワイヤン伯爵、護衛は近衛兵から選りすぐりの者を選びますので、貴邸に派遣してもよろしいでしょうか？」

「は、はい。もちろんでございます」

リディの母など、公爵様の心遣いに目を潤ませている。

客観的に見ると、リディは社交が苦手なうえに、子どもも産まないだろうに、独身貴族の頂点にいる公爵に結婚してもらうことになっている。

母など、そのうち、公爵を拝み始めそうである。

つまり、リディはもう引き返せないということだ。

ローランが、さらにこんな大胆な提案をしてきた。

「僭越（せんえつ）かもしれませんが、もしよろしければ、しばらくリディに毎日、邸（ここ）に通ってもらってもよろしいでしょうか。それが負担なら泊まりもいいかと。学んでいただきたいことがあるものですから」

――私、泊まるんですか？

ということは、昨晩のようなことをまたする気だ。思い出すだけで躰が熱くなる。

「まあ。お恥ずかしい。一生実家で過ごさせるつもりでしたので、教育が行き届いておらず、申し訳ございません」

「いえいえ。勉強は口実で、私がリディとともに過ごしたいだけです。半年以内には結婚したいと思っています」

両親が顔を見合わせたあと、母がこう応じた。

「そんなにお急ぎなるほど気に入っていただけたなんて、恐縮ですわ」

「私が想うほどに、リディが私を想ってくれたらいいのですがね？」

そう言って彼に顔を向けられ、リディはどう返したらいいかわからず、曖昧な笑みを浮かべた。

こんなふうにローランがリディを立ててくれたものの、帰りの馬車では、さすがに母に小言を言われる。

「ここまで常識がないとは思ってもいなかったわ」

「まあまあ、それをわかったうえで教育してくださるようだから、いいじゃないか」

と父が擁護してくれた。

「あなたはリディに甘すぎです！」

眉間に皺を寄せてそう言い返す母を眺めながら、リディは、ローランの『母娘そろって正直者だ』という言葉を思い出していた。

「お母様、私に子どもができない可能性が高いこと、お伝えになったんでしょう？」

母が急に狼狽(うろた)えた。

「え、ええ……。でもそれは、あとになって公爵が知ったとき、あなたを傷つけるようなことが起こっては……と思ってのことよ」

「伝えていただいてよかったです。ですが、公爵が、もともとこのことをご存じだったということはありませんでしょうか？」

子どもなど好きではないとローランに言われたとき、こんな疑念が生まれていた。

ずっと、ローランがリディを気に入ったきっかけがわからなかったが、リディとの結婚の決め手が、むしろ不妊にあったのだとしたら、全て腑に落ちるのだ。

一方、母はひどく驚いた様子だった。

「そ、そんなわけないでしょう？　このことを知っているのは、私たちとオフェリーだけよ。ジェラルドだって知らないわ。だから、ジェラルドはことあるごとに、あなたを外に連れ出そうとしているのよ」

そうだ。本来、リディは、縁談が来るのを避けるために実家の奥でひっそりと暮らすはずだったのだ。

「でしたら、公爵閣下が私のどこを気に入られたのか、お聞きになりまして？」

父が身を乗り出してきた。

「リディが可愛いと、おっしゃっていたよ」

「ほかには？」

「ほかに……必要かな？」

「見かけが気に入ったということでしょうか？」

「そんなことはない。可愛いだけの令嬢ならたくさんいる。性格も気に入ったんだろう？」

ここが解せないところだ。

ほかの令嬢との違いと言ったら、引きこもっていたことぐらいである。プラスになる要素が全くない。


ドワイヤン伯爵邸に着いたときには、もう昼近くになっていた。

リディが馬車から降りて二階に上がると、オフェリーが現れた。

「あら。フォートレル公爵邸から朝帰り？　いえ、昼帰りと言うべきかしら」

そういえば、姉は以前、『私目当てだと思うのよね』と、公爵が自分に気があるようなことを言っていた。

彼女は、おそらく、リディが公爵夫人にふさわしくないと思っていることだろう。

――というか、私が一番、そう思っています。

「あの……お姉様……自分でもどうしてこんな事態になっているのか、わからず……。そもそも、私、ずっとこの家にいたかったんです」

「なら、この家にいたらいいじゃない」

「それは……私に決定権がないので……」

姉の眉間に皺が寄った。

「……私も、結婚とか考えるの、やめようかしら。そうね。本を書くわ」

話題の変化が急すぎて、ついていけない。そもそも、姉が本を読んでいるのを見たことがなかった。

だが、どんな本かを問うてほしそうな顔をしているので、リディはこう尋ねた。

「お姉様、それはどのような本ですの?」

「『敵にならなさそうな妹に情けをかけたら、公爵の心を掴むなんて聞いてない!』よ」

捨て台詞(すてぜりふ)のように言い放つと、姉が踵を返して自室へと去っていった。

――我が姉ながら、思ったことを全て口に出して……すがすがしいほどです。

女性的な魅力に自信のある姉は、公爵との結婚を狙っていたのに、それを望んでいない妹にかっさらわれた――と、思っている。

一方、結婚という道が閉ざされていたリディは、それ以外の道に幸せを見出したところで、緊張を強いられるような身分の人との結婚を決められてしまった。

人生とはうまく行かないものだ。

リディは気を取り直して、自室に戻り、いつものように書斎の椅子に座る。執務机には、父と兄に提出しようとしていた、書きかけのレポートがあった。

――もし結婚したら、途中で投げ出すことになるのよね。

リディは椅子の背に身を預け、目を瞑る。

脳裡に浮かぶのは、農園で、日焼けした顔に笑みを浮かべて朴訥とこう語ってくれた男性だ。

『やたらと収穫量が増えたものだから、来春は全ての畑に広げてみます』

あの男性は、翌年からリディが来なくなったら、令嬢の気まぐれだったと呆れるのだろうか。

リディは農園でのことを思い出して涙が出てくる。

――やっと結果が出てきたところなのに……。

そのとき扉を敲く音がして、リディは慌ててハンカチーフを取り出し、涙を拭う。

執務室に入って来たのは父親だった。リディの前まで来て、執務机に視線を下ろす。

「リディ、私はおまえが農地、いや農民たちのことを考えて収穫量を増やそうと努力してきたこと、わかっているからな」

不意打ちを食らって、リディの喉もとまで再び熱いものが込み上げてきたが、ぐっとこらえる。

「お父様……ありがとうございます」

少し涙声になってしまったような気もするが、なんとかそう答えられた。

父が書きかけのレポートを手に取る。

「ちょうど成功例が出てきたところだろう？　おまえの志を継いで、この資料を活かすから、安心して嫁に行ったらいい」

「お父様！」

リディは立ち上がって、父親に抱きついた。

「リディ……公爵領は広大だ。もっとやりがいがあるぞ」

公爵家の領地管理は、学識と経験が豊富な管財人が行っていて、独学のリディの出る幕などありそうにない。

だが、父親の気持ちが伝わってきて、リディは心を温かくした。

第四章　ローランの昏い影

そんなわけで一週間後、リディは近衛騎兵四騎に前後を警護され、馬車でフォートレル公爵邸を訪れていた。

こんなにものものしく警護されるなんて、それだけでも信じられないが、馬車がエントランス前に着いたら着いたで、ローランが待ち構えており、御者のように彼女の手を取って馬車から降ろしてくれるという大サービス付きである。

――この間なんて、門の前で会えるかどうかもわからなかったのに……。

彼に手を引かれて入った三階の居室は、壁が白地に小花柄で、女性の部屋のように見えた。案の定、ローランがこう言ってくる。

「この邸が建てられたとき、夫人の部屋として造られたんだ。君の希望通りに改装するから言ってくれ」

壁だけでなく、調度品も最高級で、どれも黄金の美しい装飾が施されており、リディには、どこをどう変えれば自分好みになるのか見当もつかない。

強いて言えば、椅子の座面や、カーテンなどの布地が濃いピンクなのを、水色など爽やかな色に変えてほしいが、今のままでも十分だ。

「いえ。特に変えてほしいところはないです」

「そう。では、隣の部屋へ」

彼がそう口にしただけで、侍従がすかさず次の部屋の扉を開ける。彼に連れられて隣の部屋に足を踏み入れると、そこには、きらびやかな女性たちが立っていた。

――まぶしいです！

なぜ、ここに陽の化身たちが結集しているのか。

ローランが彼女たちを歓迎するかのように両腕を広げる。

「皆、急な招集だったのに感謝するよ。なんといっても結婚まで間がないものでね。私の婚約者のリディを完璧な公爵夫人に仕立ててあげてくれ」

――公爵夫人……ですか⁉

そんな尊い存在に自分がなるなんて全く実感がわかない。

リディが慄（おのの）いていると、彼が視線をリディのほうに向けて小さく笑った。

「リディ、彼女たちに任せておけば君の魅力を最大限に引き出してくれるだろう。君は未来の公爵夫人だ。自分の好みや意見をちゃんと伝えるんだよ？」

「は、はい」

つまり、上に立つ人間になれということだ。

――こんな華々しい方たちを前にしたら、上どころか地べたにひれ伏してしまいます。

「初めまして。ドワイヤン伯爵家のリディと申します」

と、リディが腰を落とす挨拶をすると、ローランが背に手を回してきたので見上げる。彼が小さく首を横に振った。

目下の者に、丁寧な辞儀などしなくていいということだ。

――本当に私、やっていけるのでしょうか。

ドレスデザイナーのラルエット夫人、髪結い師のデボラ、化粧師のスザンヌ――と、ひとりひとり挨拶していくが、よく時間を割いてここに来られたと思うぐらい、それぞれの分野の第一線で活躍している人たちで、流行の最前線と思われる衣装を身につけ、個性的な髪型をしていた。

ひとりだけ、落ち着いた服装の六十歳前後の女性がいると思ったら。彼女は礼儀作法を教えてくれるゴセック夫人という人で、王宮で女官長まで勤め上げたそうだ。

――道理で威厳があるはずです。

自己紹介が終わると、ローランが皆に座るよう言い、彼自身もリディと同じ長椅子に座った。

「二ヶ月後、リディは王宮舞踏会デビューし、その場で婚約発表となる。ラルエット夫人、デボラ、スザンヌは今日、リディの好みを聞いたうえで、婚約だけでなく結婚披露のドレスや髪型、化粧の案を出してくれ。もちろんお互いの連携を忘れずに。ゴセック夫人、礼儀作法は二ヶ月で完成させてほしい。ダンスは家で特訓したらしく、私と何度か踊れば上達するだろうから教えなくていい。私がリディと踊りたいだけだがね」

皆の視線が一斉にリディを向き、扇で口もとを隠して小さく笑った。

リディは恥ずかしくなり、俯いてしまう。

「私の花嫁は、この通り内気だから大変だぞ。皆でリディに自信をつけさせないと」

ローランが冗談めかしてそう言うと、皆が再び笑った。

「最後は〝お勉強〟だが、リディは農地管理や計算は得意だから必要ないとして、歴史や文学、音楽はどうなんだ？」

今度はリディへの質問だ。

「いつも引きこもっているので、そこは大丈夫なつもりですが、音楽はハープぐらいしかできません」

「ハープが弾ければ十分だ。謙遜家のリディが大丈夫というのだから、ほかはレベルが高そうだな。勉強のほうは、おさらいていどにしよう」

「え、そんな……私が大丈夫と思っていても、社交界では通用しないかも……」

公爵が含意のある笑みを向けてくる。

「そのときは私が特別講義をしよう。ただし高くつくぞ」

再び皆の口から笑声が漏れた。

ローランはきっと、いつもこんなふうに皆を楽しませながら手際よく仕事をしているのだろう。

そういえば彼の表情が舞踏会のときと全然違っている。花が現れないし、生き生きしている。

――これが本当のローラン様なのでしょうか？

皆で話し合って段取りが決まると、ローランが「では、私は仕事があるから外すが、あとで報告を頼むよ」と、あっさり出かけてしまった。

また不埒なことをするつもりだと思い込んでいたので、リディは唖然(あぜん)としてしまう。

——ぜ、全然、がっかりなんかしていませんからね。

それからは陽の化身三人に、好みの色を聞かれたり、レースやアクセサリーを見せられて好きなものを選ばされたりした。

リディが好みを伝えると、その場でデザイナーがドレスを、髪結い師が髪型を描き、その案について、これまた意見を求めてくる。

さらにはドレスデザイナーについてきた助手たちに巻き尺で全身のサイズを測られた。

——二ヶ月で……って本当に時間が足りない感じなのですね。

礼儀作法のゴセック夫人には、立ち居振る舞い以外にも、目下(めした)の者に辞儀をしないことはもちろん、引きこもっているなど、自身を卑下するようなことを言わないよう指導された。

つまり、リディが少し話しただけで、粗(あら)が見えたということだ。

夕暮れどきになると、ローランが帰ってきて、皆それぞれが今日の成果について報告する。

例えばドレスデザイナーのラルエット夫人はこうだ。

「あまりひらひらしたレースはお好みではなく、色も水色や緑がお好きとのことでした。ご本人がとても可愛らしくていらっしゃるので、ご自身の魅力が引き出せるよう、シンプルながらもセンスのいいドレスにしたいと思っております」

デボラとスザンヌも、ラルエット夫人と同じ方向で行くとのことだった。

──皆様から花が出てきません。

可愛いなんて褒められて花が現れないなんて、リディは能力を失ったのだろうか。

リディの動揺をよそに、ローランが機嫌よく答えた。

「そうか。ありがとう。とりあえず、婚約発表の場での身だしなみは、なんとかなりそうだな」

彼はまるで〝フォートレル公爵夫人〟を創ろうとしているようだ。

「リディは日中、公爵邸にいるので、サンプルが上がったら随時持ってきてくれ」

皆が一斉に返事をして、その場を辞した。

──いきなり、ふたりきりになってしまいました。

リディはできるだけ平静を装ったが、音が聞こえそうなぐらい心臓が早鐘を打っている。

ローランが優雅にくるりと、リディのほうに躰を向けてきた。

「今日、どうだった？」

「あの、半年で結婚って……思ったより大変みたいで……もしかして何か急ぐ理由がおありですか？」

ローランが困った人を見るかのように首を傾げてこう言ってくる。

「早く君と暮らしたいからだよ？」

「そ……そうですか……」

そういえば前も、そんなことを言っていた。

——でも、どうして私なのでしょう……。

リディが釈然としないでいると、腰に手を回される。

——ああ、やっぱり不埒です！

「リディ、やっとふたりきりになれたね？」

彼の瞳が劣情を纏い、リディの心臓がどくんと跳ねる。問題なのが、この反応が怖れではなく、期待から来ていることだ。

——私って淫乱だったのでしょうか……。

だが、彼に、まるで愛されているような眼差しを向けられて不快に思える令嬢など、この世にいるだろうか。

「一週間ぶりに、やっと来てくれたというのに泊まらないなんて」

威厳ある公爵が、拗ねた子どものように不服を漏らした。

——可愛いって思ってしまいました。

「な、慣れないお邸だと不安なのです」

「いずれここに住むのだから、慣れるのは早いほうがいいだろう？」

周りを見渡せば、黄金の装飾だらけである。

――慣れる？　慣れるのでしょうか、私？

切なげな声でそう呼ばれ、視線を上げれば、目の前に彼の顔がある。

――何よりも慣れそうにないのは……これです。

「……リディ」

彼の黄金の睫毛がサファイアの瞳にかかり、筋の通った鼻梁が傾く。形のいい唇が近づいてきてリディの唇に重なったと思ったら熱い舌が入り込んできた。

とたん、リディは、自分の全てを彼に差し出したいような衝動に駆られる。

これは魔法だ。

だから、抗えなくても仕方ないのだ。

唇が離れても、彼が間近でじっと見てくる。その瞳は熱をともなっており、リディの心を容易に蕩けさせる。

彼が唇を耳もとに寄せてきた。

「もっと君との相性をよくしたいんだが……」

泊まれということだ。

確かに、妊娠しないなら、婚前にいくら性交渉をしても対外的には問題ないのだが、なんだかそれを目当てにされているようで、リディは複雑な気持ちになってしまう。

――私の躰なんかを欲していただけるだけでもありがたいお話なのですが……。

「あの……もう結婚が決まっているのなら、今さら相性をよくしなくてもいいのではないでしょうか」

ローランが半眼になり、考えるような表情になった。

「我が婚約者嬢はつれないな。この間、抱き合ったとき、好きになってしまうと言ってくれただろう？

もっと好きになってほしいんだ」

リディは顔から火を噴きそうになる。

「わ、私、そんなこと、覚えていません」

――あれをすると気持ちよすぎて、自分でも何を口走るかわかりません。

いよいよ、彼とベッドをともにするのは危険と思ってしまう。

「じゃあ、思い出させてあげるよ？」

彼が腰を引き寄せ、耳朶(じだ)を甘噛みしてきた。

「ひゃ……」と、リディは肩をすくめてから自戒する。

――私、軽率すぎです！

「あ、あの……もう夕方なので失礼いたします。閣下も、親に心配かけないようにと以前ご助言くださっていたかと存じます」

リディは、できるだけ凛(りん)とした表情を作り、敢(あ)えて〝閣下〟と呼んでみた。

ローランが意外に思ったのか、僅かに目を見開いたあと、「これはいい」と笑い出した。

「こういう攻防も悪くないね。エントランスまで送ろう」

そんなわけで、この日はキス止まりで帰ることができた。


華やかな人たちと話したものだから、馬車でひとりになると、リディは、どっとすごい疲労感に襲われる。

――やっぱり、泊まらなかったのは正解でした。

自邸に着けば着くなり、エントランスで両親が待ち構えている。

「公爵家では何を習ってきたの？」

母が興味津々で聞いてきた。

「今日はドレスの準備と礼儀作法よ」

父が心外という表情になる。

「礼儀作法？　リディは完璧じゃないか」

「えっと……さすがに食事とかの作法は私、大丈夫なのですけど……なんというか、心構え、みたいな？」

さらには、兄ジェラルドまでエントランスに出てきた。

「今日、あの元帥が、早く退勤したとかで、俺の妹にぞっこんなんじゃって話題だったぞ」

——花よ、舞うのです！

だが、一向に花が現れない。少なくとも兄は本気でそう思っているということだ。

しかも回廊のほうで、猫のように半分だけ躰を見せた姉が、じっとりした目でこちらを見ていて、リディは震えあがった。

——陽の化身は影も濃くなるものなのでしょうか。

それからというもの、リディは通勤でもするかのように毎日、フォートレル公爵邸に通った。

朝、出向くとまず、ローランとダンスをする。

本番に近いほうがいいと、常駐の楽師による演奏の中、大広間で踊るのだが、ふたりしかいないので、社交界デビューしたときより、だだっ広く感じられた。

ローランは、いつぞやの舞踏会のときは長衣（ジュストコール）を羽織った盛装姿だったのだが、出勤前なので軍服だ。ストイックな印象を与える黒の軍服が、彼の美しさを引き立たせている。しかも、踊ると、黄金の飾緒（しょくちょ）が舞い、優雅さを添えてくれた。

何度踊っても、リディは毎回ドキドキしてしまい、彼と踊ることに慣れそうにない。そういう意味では、ダンスレッスンを教師に任せなかったのは正しい選択だといえる。

本番では彼と踊るのだから——。

毎朝、三曲踊り終えると、彼は軍司令部に出勤する。

リディはエントランスで見送るのだが、なんだか妻きどりで恥ずかしい。

ある日、彼に「もう結婚したみたいだね」と耳打ちされたので、自分の心を見透かされたようで、顔を熱くした。

彼が出勤している間、リディが何をしているかというと礼儀作法の特訓だ。

講師であるゴセック夫人は元女官長だっただけあって、問いに困るような質問をされたとき、こんなハプニングが起こったときと、様々な状況を想定したうえで、どう対応すべきかを教えてくれた。

講義の合間に衣装のサイズ合わせが入り、夕方になってローランが帰邸すると、ゴセック夫人が今日の報告をして、それからリディは帰邸となる。

こんな日々が二ヶ月続き、とうとう舞踏会前日になった。この日ばかりは泊まることが決まっていた。

衣装や髪型についての最終チェックをして、翌日は、朝から舞踏会の準備となる。

明日が王宮舞踏会と考えただけでリディは緊張してしまうが、それよりも緊張するのが、今晩、久方ぶりにローランが自分を抱くのではないか、ということだ。

夜、会話を含めたマナーの勉強も兼ねてゴセック夫人同席でローランと晩餐(ばんさん)をともにしたあと、彼の居室でふたりきりになった。

甘い時間が訪れるのかと思いきや、彼が真面目な表情でこう言ってくる。

「リディ、少し話がある」

そう言って連れていかれたのは居室内にある応接室だ。しかも彼は人払いをした。

——やっぱり、いやらしいことをする気ですね。

リディが身構えたところで、長椅子に座るよう言われたので、ここに並んで座るのだろうと、隣を空けて座ったら、彼はローテーブルを挟んで向かい側にある椅子に座った。

——もしかして、婚約をやめることにしたのでしょうか。

距離を置かれたことで、急にそんな未来が浮かぶ。

きっと、リディが公爵夫人として世に出して恥ずかしくないレベルに達するのは無理だと、見限られたのだ。

これで穏やかな生活に戻れるのだから、喜ぶべきである。

——それなのに、なぜショックを受けているのでしょう？

こんな素敵な人の近くにいられるなんて、自分の人生の中で一瞬の輝きにすぎないとわかっていたはずなのに。

「リディ、明日の王宮舞踏会だが、ひとり、気をつけてほしい人物がいるんだ」

——え？

想定外の話題だった。

——婚約は、するのですね。

安堵して顔がゆるみそうになるが、彼の真剣な表情を見て、気を引き締める。

「ど、どなたでしょう？」

「私の兄である国王ヴィクトルだ」

「国王陛下……」

改めて、自分が王弟と結婚しようとしている事実に驚いてしまう。

「ゴセック夫人が、国王陛下を想定した問答集を用意してくださって、そこが一番多く練習したところなのですが……」

「ああ。挨拶は大丈夫だろう。問題は、兄も私と同じ金髪に青い目で顔がいいものだから、君が惚(ほ)れたりしないかってことだ」

真顔でそんなことを言ってくるものだから、リディは呆れてしまう。

「何をおっしゃっているんです？　国王陛下はご結婚されてらっしゃるでしょう？」

「そうだ。ボスフェルト王女である正妃がいるにもかかわらず、側妃が三人もいる。だから、絶対に、甘い言葉をかけられても本気にしてはいけないよ？」

この公爵は、何を言い出すのか。

「本気になんてするわけないです。弟御様(ローラン)のお言葉もあまり本気にしていないぐらいですもの」

「言うようになったな。だが、そのほうがいい」

ローランが半ばまで瞼を閉じ、片方の口角を上げた。こういうときの彼は自信ありげで、ものすごくかっこいい。

「お兄様とは小さいころ、王宮でともにお過ごしになったのでしょう？」

「私は側妃の息子だから、たまに見かけるぐらいだったよ」

ローランの表情が曇った。

——ローラン様も、こんな表情をなさることがあるのですね。

異母の兄弟ともなると、何かしら確執があるのかもしれない。

リディなど実の姉妹なのに、公爵と婚約したことで、オフェリーとぎくしゃくしているぐらいだ。

この質問は軽率だった。

「あの……私は社交界での経験がほとんどなく、気も利かないので教えていただきたいのですが、国王陛下の前で話題にしてはいけないことなどありますでしょうか？」

「事前にそれを聞くんだから、十分気が利いているよ」

安心させるように、ローランが微笑んでくれた。

——本当にこの方は、お優しくていらっしゃいます。

その優しさは異母兄との関係性に苦労した経験から来ているのかもしれない。

「あの、でも、私、自分から話題を振ることはありませんのでご安心ください！　念のためです」

「言いにくいんだが……国王はとにかく王位を受け継ぐ男子を欲しがっていて……そうでないと、私に王位が行ってしまうからね」

その弟は子どもがいらないというのだから、兄弟というのは不思議なものだ。

「それで側妃が三人もいらっしゃるのですね？」

「そうだ。それなのに女子しか生まれていない。子どもにまつわる話はタブーかな」

——このままいくと、この目の前の人が次期国王に……。

信じられない想いでリディはローランをまじまじと見つめてしまう。

「そんなに見つめられると照れるだろう？」

冗談めかしてウインクしてくるものだから、リディは思わず笑ってしまう。

「君は笑うともっと可愛くなる。だから心配だな。国王がリディを気に入ったらって」

彼の顔が憂いを帯びた。こんな表情を見るのは初めてで、リディは胸を締めつけられる。

——私のせいでローラン様が不安になるなんて……。

「国王陛下が私のことを気に入られることなど、ないとは思いますが——」

子どもができない自分など、国王が最も興味を持たない相手だろう。

——さすがに私の躰のことなど、お耳に入ることなどないでしょうけど。

リディは顔を上げて、ローランを見つめる。

「私たち、相性がいいんでしょう？」

ローランが困惑したような表情になったが、心なしか赤くなったように見えるのは気のせいだろうか。

「君はときどき私を煽るね。それが天然なのが怖い。兄を煽らないように、それだけは頼むよ」

「そ、そんな、国王陛下には、こんなこと話せませんわ。挨拶するので精一杯です」

彼がテーブルに乗り出して手を伸ばし、リディの手を握ってくる。少しかさついているが、温かくて大きな手だ。この手に包まれると心の中に安心感が広がっていく。

彼がぐいっと引っ張ったので、リディはテーブル上に身を乗り出すことになった。

彼が屈んで顔の位置を合わせてくる。

「私と初めて会ったときも、緊張していたのか慌てて挨拶していたね。可愛かった……」

そのとき、ちらっと花が舞ったが、リディは彼の顔しか見ておらず、気づくことはなかった。

「申し訳ありません。あのときは、ほかのことに気を取られていて……」

「それは聞き捨てならない。セドリックのことじゃないだろうな？」

いまだに根に持っているようだ。

——可笑しな方。

「存在すら知りませんでした」

「では、誰だ？」

嘘の花に気を取られていたなどと言うわけにもいかず、リディは困ってしまう。

「……風景です」

——あの花は風景には違いありません。

「嘘くさいな。いいだろう……」

――嘘くさい……。

こういうとき、自分がほかの人たちと違うことを思い知らされる。

ほかの人たちは、嘘か嘘でないかがわからなくても、そのままやり過ごしているのだ。

――よくもまあ、疑心暗鬼にならないものです。

ローランが立ち上がり、リディが座っている長椅子に腰を下ろした。彼女を持ち上げ、自身の膝に乗せる。

彼が背後から、耳もとで囁いてきた。

「私のことしか考えられなくしてやる」

その瞬間、リディは全身の血が沸騰しそうになる。

ローランが後ろに垂れたリディの髪をまとめて前に持っていき、うなじにくちづけしながら、胸当て（ストマッカー）の中央に並ぶ釦（ボタン）を外していく。

このドレスは今日、公爵家の侍女から渡されたものだ。

ストマッカーの中央に釦があるなんて珍しいデザインだと思っていたが、今になって彼が用意したのだと気づく。これはかなり脱がしやすいドレスだ。

節くれだった長い指が胸元でもぞもぞと動く。そのたびに、彼女を背後から包み込んでいる大きな体躯（たいく）が揺れる。

――どうしてこんなことで、全身がぞくぞくするのでしょう。

彼が釦を三つ四つ外すと、手を突っ込み、荒々しく胸を揉んできた。硬い掌に、乳首がこすれて、痛いような気持ちいいような快感がほとばしる。

「ど……どうし……」

どうして、こんなことがこんなにも気持ちいいのか。

「荒々しくされるのもいいみたいだな」

相性を高めようとしているのだろうが無駄なことだ。着衣のまま背中が触れ合っただけで気持ちよくなっていた。

彼が言った通り、もうすでに相性がいい。

「これをしているときは、さすがに私のことしか考えられないだろう？」

そう言いながら、ローランが両手をリディのスカートの中に入れて、下腹のあたりをまさぐってくる。

「くすぐったぁ……あっ……ぁあ」

リディは無意識に腰をくねらせていた。

そのとき、腰に巻きつけたパニエをくくっていた紐がほどかれ、パニエが外れた。ローランはこれを取ろうとしていたのだ。

彼はスカートの中からパニエを引っ張り出すと、リディを抱き寄せる。

そのとき、リディは臀部(でんぶ)の谷間に何か硬いものが当たっていることに気づく。

——前、これでお腹の奥までいっぱいにされました……。

あのときの感覚が突如としてよみがえってきて、リディがぶるりと全身を震わせたとき、彼の手が、下穿きの股部分にある裂け目に入り込み、脚の付け根を覆ってきた。

リディはびくんと腰を反らせる。

「君の躰は普段から冷えているんだな」

今日は外で凍えていたわけでもないのに、と言いたいのだろう。

ローランの躰はいつも温かく、大きく、頑丈だ。つくづく、リディの躰は生命力とは遠いところにいる。

「私が中から温めてやる」

彼が手を前後させると、ぐちゅぐちゅと水音が立ち、指が秘裂に食い込んでいく。

「ふぁ……あ……ぁあ」

気づけば、リディはぎゅっと目を瞑り、口を開けっ放しにして、いつもより高い声を漏らしていた。

彼が長い指を蜜源につぷりと沈める。親指で花芯をぐりぐりするのに合わせて、中の指が蜜壁とこすれ、とてつもない愉悦が湧き上がる。

「ああ！」と、リディは顎を上げ、頭を彼の胸板にこすりつけた。秘所と蜜芽、両方を愛撫されてはたまらない。

「同時にされるのが気持ちいいんだね？　ここ、もっとほぐそうか」

そう言ってローランが指をもう一本、ぐちゅりと押し込んできた。

「んっんん」

彼が二本の指で隘路を広げてくるものだから、その圧迫感にリディは悶える。

「ここ、とろとろして……もう食べてほしそうだが、まだだ」

ローランがもう片方の手で、襟ぐりを下着ごとガッと下げたので、乳房が露わになった。

外気に触れただけで、胸の先端にぎゅっと快感が集まるような感覚が生まれる。リディの躰はすでにそこまで敏感になっていた。

ただでさえこんな状態なのに、彼が片手を広げて指先で双つの乳首を潰すように捏ねくり回してくる。

「あっ……あ、あ……ぁあん……ふぁ……あぁ」

胸の先と蜜芽、そして蜜孔、三ヶ所を同時に愛撫され、堰を切ったようにリディの喉奥から嬌声があふれ出した。

「リディ、わかる？　君の中、さっきからすごくうねっているよ？」

掠れ声で、耳もとで囁かれる。それだけで蜜口がひくひくと反応していた。その動きがさらなる快感を呼び起こす。

どうしてこんなところが心と繋がっているのか。

「そろそろ、いいね？」

ローランが蜜を掻き出すように二本の指を引き抜くと、こぷりと滴りが落ちる。

「……ふぁ……あぁん」

間抜けな声を漏らしてしまった。

今はもう、気持ちいいということしか考えられない。

ローランがリディの躰を少し浮かせ、蜜口に雁首(かりくび)を引っかけてくる。

「あっ……」

またしても強く締めつけてしまった。

「歓迎してくれているようで、うれしいよ」

滾(たぎ)ったもので、リディの奥まで貫くのかと思いきや、ローランは半ばまでしか挿れなかった。リディを掲げたまま、蜜口をなぶるよう小さく上下に動かしてくる。

「あぁん……んっ……ん」

気持ちいい。でも、何か物足りない。

「これ以上進んでも大丈夫か？」

浅瀬で小さく出し入れしながら、ローランがそう問うてきた。

「く……ください、お、奥まで……私をいっぱいにして」

気づけばリディは涙声で懇願していた。

「参ったな……」

ローランはつぶやくように言うと、一気にリディの躰を自身の腰にずんっと落とした。

「ああ！」と、リディは小さく叫んで、髪を振り乱す。

根もとまで下ろしたというのに、ローランは、さらに奥に行きたいとばかりに、何度も腰を強く押し上げてくる。

そのたびにリディは少し浮いては、ぐちゅりと落ちる。初めてのときのような痛みはなく、そこにあるのはとてつもない快楽だけだ。

しかも彼が両手で、双つの乳首を同時に強く引っ張ってくる。手荒い行為なのに、優しいときより余計に感じてしまう。

リディはトラウザーズをぎゅっと掴んで腕を突っ張らせ、小さく震えていた。

「ぁあん……どうしてぇ……気持ち……いぃの……どうして……」

「それはきっと、君も私を愛しているからだよ」

諭すように言われ、リディはもう座っていられず、前に倒れた。すると、ローランが椅子から立ち上がったものだから、リディはテーブルに手を突く。

「ひゃっ」

さっきと違う角度で穿(うが)たれることになり、リディは新たな快感に驚きの声を上げた。

「この体勢も、悦(い)いみたいだな？」

喜色を含んだ声でそう言うと、ローランはクッションをローテーブルに置き、その上で彼女をうつ伏せにさせる。腰をゆっくりと退いては、勢いよく欲望をぶつけてきた。

何度もそれを繰り返されていくうちに、リディは自身を支える力がなくなっていき、両腕をテーブルに投げ出す。

律動に合わせて躰は前後に揺れ、そのたびにリディは「はぁ、ふぁ……ぁあ……はぁ」と吐息のような声を漏らすことしかできない。

彼に奥まで突かれるたびに躰全体が揺さぶられ、クッションと頬がこすれる。いつしかそのクッションは、リディの口から零れ落ちた涎に濡れていた。

「そろそろ……みたいだな？」

彼がつぶやくように問う。

だが、リディには、もう何も答えられない。

彼女の頭の中は、躰の中を行き来する楔と、それを歓迎するかのようにうねる自分の中の路、そして彼の大腿が臀部にぶつかるたびに起こる、ぐちゅりという淫猥な水音――そんなものでいっぱいになっていた。

そのとき、彼の手が下腹に伸びてきた。ただそれだけなのに、全身がとてつもない愉悦に襲われ、リディは「あぁっ」と呻いて首を仰け反らせる。

「どうした……こんなところも感じるのか？」

そんな声はもうリディには届かない。彼の大きな手が下腹に触れたことで、その腹の奥で、彼自身に扱かれていることが余計に強く感じられていた。

リディは、前腕で躰を支えて顔を上げたまま喘ぎ、口の端から滴りを零す。

「そんなに締めつけられたら……私も……限界……くっ……リディ」

ローランが歯を食いしばって過ぎたる快感に耐えながら花芯を指でからめとったとき、リディの快感は頂点に達した。

全身が蕩け、躰と世界の境界が曖昧になっていく。

リディを追うように彼もまた中で爆ぜたのだった。


次にリディが自分を取り戻したときは、ベッドの中で、裸の彼の上にしなだれかかっていた。ふたりとも、いつの間にか全裸になっている。

──温かい……。

これは彼の体温が高いためではない。さっき燃え上がった熱が体内でくすぶっているせいだ。

ローランに抱かれると、生きる力を分けてもらえる。

リディが顔を上げると、彼と目が合う。

「リディ、躰、大丈夫?」

「は、はい。温めてくださり、ありがとうございます」

リディの言葉の何が可笑しかったのか知らないが、ローランが目を細め、躰を小さく揺らした。

「感謝されるとはね……もう痛みがないようでよかったよ」

暗闇で蠟燭（ろうそく）の炎に照らされた彼の瞳はいつもとは違い、淫靡（いんび）な雰囲気を纏っていた。こんな瞳で、見つめられたら、もうだめだ。彼と再びひとつになりたいということしか考えられなくなる。

「そんな目で見つめられたら……リディ、もう一度、いいね？」

リディもまた彼のような眼差しで見つめていたということだろうか。

「は……はい」

彼が上体を起こしながらリディを持ち上げる。向かい合った状態で下ろされ、彼の両脚を跨ぐような体勢になった。

――こんなに脚を開くなんて、恥ずかしいです。

ローランが片腕を背に回して彼女を支える。

下腹に弾力あるものが触れたので、リディが視線を落とすと、彼の剛直はすでに反り上がっており、臍（へそ）の上まで来ていた。

――こんな大きなものが……全部入っていたなんて……。

そして、これからローランは、この昂（たかぶ）ったものでリディの中を彼の形に変えようとしている。

リディが、ごくりと唾を飲み込んで顔を上げると、彼が鼻と鼻をこすり合わせてきた。

こんなことですら、気持ちいい。

「リディも舌、出してみて」

艶めいた目つきでそう乞われれば、従うしかない。

リディが舌を出せば、彼がその舌を吸うようにくちづけてきて、そのまま夢中でお互いの舌をくちゅくちゅとからめ合う。

その間、時々、乳首の先端が彼のしなやかな胸筋に触れて、えも言われぬ快感がほとばしる。ただでさえ体中が敏感になっているというのに、ローランが片方の乳房をその大きな手で掴んできたものだから、リディは、びくっと躰を跳ねさせた。

彼がゆっくりと胸を揉みながら、すでに立ち上がった乳首を親指でさすってくる。

あまりの気持ちよさに、リディは知らず知らずに小さく腰を揺らし、喉奥からくぐもった声を零していた。

ローランが、ちゅっと、わざと音を立てて唇を外す。

「まだ、さっきの熱が残っているみたいだ」と、頬に頬を重ねてくる。

そうされただけで、蜜口はひくついて涎を垂らす。彼が言うように、今しがた火をつけられた躰は熾火となっていて、再び燃え上がろうとしていた。

リディは彼が欲しくて、ねだるように下腹を剛直にこすりつけていた。

「……くっ……せっかく我慢していたのに」

と、ローランが片目を瞑ると、リディは持ち上げられ、切っ先を蜜口にあてがわれる。

「ふぁ」

リディが、生々しい感触に、ぎゅっと目を瞑って力なく声を漏らしたとき、彼の腰まで一気にずぶりと落とされる。

ぐちゅっと水音が立ち、ローランが最奥を突いた状態で漲り(みなぎ)を揺らしてくる。太い根もとに陰唇をしごかれ、リディはすがるように彼の顔を見上げて腕を掴んだ。

「そんなに見つめられたら……でも、こんなものじゃ終わらないよ」

ローランが彼女を倒して仰向けに下ろす。彼が背を屈め、胸の頂点に舌の腹を強く押しつけてきたかと思うと、執拗に舐め上げてくる。ただでさえ官能の熱に浮かされているというのに、さらに昂るようなことをされては、いよいよおかしくなってしまう。

「ぁあ……だ、だめ……です。そこ、ちろちろしたら、だめぇ」

リディが涙声で懇願しているというのに、ローランはやめるどころか、今度はもう片方の乳房の頂点を強く吸ってくる。

乳頭で舌が蠢(うごめ)き、脈打つもので蜜洞をぐちゅぐちゅと掻き回され、リディは意識が飛んで行きそうになったが、彼の腕を掴む手に力をこめて、なんとかここに留まった。

「君の手、小さいのに力強い……でも、いつまでもそうしていられるかな?」

彼は中を掻き回すのをやめ、腰を小刻みに揺らしてくる。そうしながらも、胸の先を丹念に舌で転がしてくるものだから、リディはとてつもない快感にむせび泣いていた。

「お……おかしくなっ……。どうしよ……ローラン……さ……ま……わ、私……」

ローランが胸先をひときわ強く吸ったあと、唇を離した。

「私なんか、とっくの昔におかしくなっている」

そう言ってローランが抽挿を強く、速くしていく。

リディを襲う愉悦の波はどんどん大きくなり、やがて奔流となってリディを覆い尽くした。

「ああ！」

そう小さく叫んだあと、足先から頭頂まで、リディの躰をとてつもない快感が貫き、そのまま意識を失った。


リディが目覚めると、もう朝だった。

ローランに抱きしめられていないことに、一抹の寂しさを覚えながら起き上がる。寝室を見渡すが、彼はいなかった。

チェスト上の置き時計に目を遣ると、陽の化身たちが訪れる時刻が近づいていて、甘い気怠さが一気に吹き飛ぶ。公爵夫人の部屋に戻らないといけないが、ここは公爵の寝室なので、呼び鈴を鳴らして侍従でも来ては大変だ。

今、リディは全裸なのである。

ベッドの端に服が畳んであったので、リディはそこからシュミーズを引き抜き、頭からかぶるように着た。

　そこで扉が開く音がする。

　リディが慌てて、天蓋から垂れるドレープの陰に隠れると、「リディ、起きたのか」という、凛とした声が聞こえてくる。

　ドレープから顔を半分出すと、ローランはもうシャツにトラウザーズ姿になっていて、クッと片方の口角を上げた。

「猫みたいだな」

　意外な発言だった。

「飼っていたことが、おありですの？」

「ん、まあ、小さいときにね……それより、そろそろ準備をしないと」

「あ、あの、侍女に着替えさせてもらう前に、躰を拭きたいと思っておりまして」

　彼がベッドに軽く腰掛け、いい笑顔でこう言ってくる。

「気づかなかったのか？　もう私が拭いているよ、全身」

「道理でさっぱりしていると……」

　――って、明るい中で全身を見られたってことですか⁉

　しかも触られた――。

　リディは恥ずかしくて俯いてしまう。

彼が肩を抱いてくる。

「顔を赤くして……可愛いね。あと、今日は下着も全て新調したものに変えるから、服を着ないままのほうが、効率がいい」

「ええ？　では、私、シュミーズ一枚で回廊を歩くんですか？」

ローランが額にくちづけてきた。

「まさか。君の肌を見ていい男は私だけだ。公爵夫人の寝室は、この寝室と繋がっているから、シュミーズどころか真っ裸でも大丈夫だよ」

——居室が隣り合わせだと思っていましたが、繋がっていたのですね……。

全く、この元帥は用意周到である。

彼がリディをふわりと抱き上げると、部屋の奥に向かった。そこには扉があり、開けると、公爵夫人のベッドの裏側に出る。

ベッドに下ろされ、リディは脇にある小さなテーブルの上に朝食が置かれていることに気づいた。

朝っぱらから、パンにスープ、サラダ、野菜と肉の煮込み、ゆで卵、鳥類の肉、果物……と、てんこ盛りである。

——私、どんな大食漢と思われているのでしょうか？

そんな眼差しでローランを見上げたら、あっさり、「何から食べる？」と問われる。

「で、でも……食べたらコルセットがきつくなります」

「じゃあ、果物だけでも」

彼がオレンジの皮を剥くと、リディの横に腰かけ、果実を口まで持ってくる。〝公爵閣下〟にここまでされたら拒否するわけにはいかない。

「い、いただきます」と、リディが口を開けると、中に入れられるときに彼の指が唇に触れ、どきっとしてしまう。

指が離れ、リディがオレンジの房を噛むと口の中に甘酸っぱさが広がっていく。

「はい。次は梨だよ」

今度は手でなくフォークで梨のかけらを口に押し込まれた。蕩けるように柔らかくて甘かった。こんなに美味しい梨は初めてだ。

咀嚼しながら、ローランを見上げると、彼はすこぶる機嫌がよかった。

なんだか、餌付けされているペットにでもなった気分だ。さらに三回ほど餌付けをしてもらったので、リディは「もう大丈夫です」と、ベッドの上に置いてあった下穿きとネグリジェを手に取る。

現在の、シュミーズ一枚を着ただけという状況を早くどうにかしたかった。

——でも、ローラン様がいらっしゃると着替えにくいです。

リディがそんなことを想いながらローランを見ると、「私が着せてあげるよ」と明るく言ってくるではないか。

「自分で着るので……ローラン様はご自分の部屋にお戻りください」

「今さら何を恥ずかしがる？」

そう言って、彼がリディのシュミーズを掴んで引き上げようとしてくるので、リディは慌ててシュミーズを押さえた。

「私、まだ結婚前なのに、ここにローラン様がいらっしゃるの……おかしいと思うんです」

「それなら、なおさら早くネグリジェを着ないとね」

――私が言っていること、ちゃんとお耳に入っていますか？

と、そのとき、馬の蹄と、馬車の車輪の音が聞こえてくる。

ローランが今度は容赦なく、シュミーズを引っ張り上げた。

「きれいだ……眺めている時間がないのが残念でならないよ」

明るいところで見られ、リディは恥ずかしくて腕で胸を覆い、目を逸らす。

「そんな表情（かお）されたら、余計にそそられるな」

そう言いながら、彼がベッドから下りて、驚くべきことにリディの足元でかしずき、片脚を持ち上げて下穿きを通し、もう片方の脚も入れると、ゆっくりと引き上げていく。彼の手と布地に脚を撫（な）で上（あ）げられ、リディはぎゅっと目を瞑って悩ましげな声を上げてしまう。

「敏感で可愛いリディ……もうここ、濡れているよ？」

彼が人差し指で、入口をくちゅくちゅとくすぐってくる。

「あ……ぁあん」

——だから、自分で穿きたかったんです……。

「いい声で啼くね」

ローランがネグリジェを手に取り、頭からかぶせてくる。その絹地に肌を撫でられただけで、リディは総身を甘く粟立たせた。

彼がネグリジェの中に手を突っ込み、リディの腕を袖の中に通していく。そのとき、乳房の頂に手の甲が触れ、甘い痺れがぞわぞわと背筋を這い上がった。

「今、車回しに馬車が着いたようだから、一旦、お預けだ」

まるでリディが、彼を欲しがっているような物言いだ。

「べ、別に……そんなこと……求めてないです」

語尾が消え入るような声になってしまった。

「だって……そうだろう？」

彼が背を屈めて耳元で囁き、ネグリジェの上から胸の先端を指先でくるくるしてくる。

「あ……そんなとこ……」

「もうここ、尖ってるよ？」

流し目でそう言われたが、リディはなけなしの理性で声を絞り出す。

「ひ……人が来るのに……や、やめて、ください」

「確かにやめないと、私のタガが外れてしまいそうだ……。この証拠品を持って去るよ」

ローランはシュミーズを手に、名残惜しそうにリディを見つめたあと、彼の居室へと消えていった。

彼が去ったあと、リディは、ばふっと後ろ向きにシーツに倒れ込み、はぁはぁと息を整える。だが、この時間は長く続かなかった。すぐに「ラルエット夫人がお越しです」という声が聞こえてきたからだ。

リディがガウンを羽織って、着替え用の部屋に出ると、ドレスデザイナーのラルエット夫人が助手三人を連れて入ってきた。

「まずは私どもが着付けさし上げてから、化粧師と髪結いが参る所存でございます」

「そう。よろしく頼むわ」

リディがゴセック夫人に習った通り、威厳を持ってそう告げると、ラルエット夫人がほうっと溜息(ためいき)をついた。

「リディ様、以前より美しさに磨きがかかったとは思っておりましたが、立ち居振る舞いも優雅で、なんといってもその気品。地位の高い方々に近くで接してきた私でも、今、圧倒されてしまいましたわ」

なんということだ。花が飛ばない。どうやら、リディはいつの間にか、気高く美しい婦人になっていたようだ。

リディが口角を上げるだけの笑みを浮かべると、ラルエット夫人がまたしても、目を丸くしていた。

「こちらのご衣裳(いしょう)にお着替えになられたら、きっと公爵閣下が感嘆なさいますわ」

こんなふうに褒めちぎられながら、衣裳を着せられ、化粧師と髪結い師に顔と頭を飾ってもらったころにはもう四時間も経っていた。

――四時間もあれば、いろんな仕事がこなせたでしょうね。

そう思うとむなしくなるが、これからは着飾って社交界に出向くのがリディの仕事になる。

――早く慣れないといけません。

「そろそろ、入ってもいいかな？」

ノック音とともに、ローランの声が聞こえてきた。

その瞬間、リディの心臓が高鳴り始める。

――今さら、何を緊張しているのでしょう。

現れたローランは、舞踏会に出るための元帥の礼服をかっちりと身につけていて、なんだか遠い存在のように感じられた。

――昨晩、こんなすごい方の、艶めいた表情を見てしまいました。

うっかり思い出しそうになって、なんとか振り払う。

ローランはリディを見て目を見張ったあと、感嘆の声を漏らした。

「若葉のような緑のドレス、君の瞳の色に合っているし、何より君らしくて素敵だ。……これほどまでに美しくなるとはな」

ローランの言葉を聞いて、ラルエット夫人が頬を紅潮させた。

「んまあぁあ。公爵閣下にそうおっしゃっていただけて大変うれしく存じますわ。私どもも同感です」

「もともと磨けば光るとは思っていたが、ここまで輝かせてくれたのは君たちのおかげだ。ありがとう」

ローランに褒められ、皆、感激の面持ちである。彼は気持ちよく仕事をさせるのが上手だ。

皆は気持ちよく仕事ができたかもしれないが、当のローランはある懸念を抱えていた。

リディは美しくなりすぎた。

兄である国王ヴィクトルは、ほかの者が自分より価値のあるものを持つことを好まない。

——あれは、ひと月半ほど前のことだったか。

ローランは婚約の報告をするために、王宮の応接の間を訪れた。

普通の貴族なら、国王に見えようと思えば謁見の間になるし、謁見の許可をもらうのに数日、下手すると何ヶ月もかかることがある。

そういう意味では、ローランは王弟ということで特別扱いされている。

——問題は、それがいつまで続くか、ということだ。

ローランは豪奢な広間でヴィクトルと、大理石のローテーブルを挟んで向かい合って座った。

すると周りに侍っている侍従や衛兵たちに対して、ヴィクトルがこう怒鳴る。

『気が利かないな！　おまえら、さっさと下がれ』

『はっ。失礼いたしました』

そう詫(わ)びて、皆が一斉に出ていった。

人払いの命令を出していないのだから、皆がここにいるのは当然で、逆に、今ここにいなかったら、そのほうが、ヴィクトルは怒ったことだろう。

――相変わらず、気分屋だな。

いずれローランも、こういう理不尽な目に遭うことになるかもしれない。

だが、ローランは眉をひそめることもなく、無表情でそれを見ていた。この部屋で感情を出しては負けだ――。

衛兵や侍従が全員去ったのを見届け、ローランは話し始める。

『国王陛下、私も、そろそろ身を固めようかと思いましてね』

『ドワイヤン伯爵の娘だろう？　おまえ、かなり入れ込んでいるようじゃないか』

『お耳が早くていらっしゃいます』

――それもそうだ。私の邸内に間諜(スパイ)がいるからな。

それを逆手に取って、国王のことを褒めてばかりいるので、今のところ国王の覚えはめでたい。

『あそこの一家は皆、美形だからな。しかし、今まで女の噂が全くなかったおまえが夢中になるとは、何かすごい魅力でもあるのか？』

――早速、探りを入れてきた。

だから、ここに来るのがいやだったのだ。

ローランが誰かに執着しているとなれば、兄はそれを奪おうとしてくるだろう。

それがわかっているから、常日頃、誰にでも優しく接するが、誰とも親しくならないという人付き合いを心がけてきた。

これはローランの処世術だ。

幼いころ、飼っていた仔猫のニコルと庭でよく遊んでいたら、ヴィクトルに取り上げられ、二度と戻ってこなかった。

だから、結婚などせず、リディとの密会を楽しんでいたらよかったのだが——当のローランがそれだけでは満足できなくなってしまった。

ローランは、できるだけ、どうでもいい女のことを語るときのような表情を作る。

『邸に閉じこもってずっと統計や農業の勉強をしていたため、世間慣れしておらず、社交界で恥をかくようなことがなければいいのですが……』

ヴィクトルは頭のいい女が好きではないから、敢えてこう言った。

『へえ。じゃあ無垢で貞淑だから、確実に自分の子をたくさん産みそうだということで選んだのか?』

ローランは椅子から腰を上げると、国王の前でかしずいて手を取った。

『私は、ずっと陛下に忠誠を尽くしてまいりました。彼女と子をなすつもりはありません』

そう告げながらも、ローランは心の中で葛藤していた。

――なぜ私は、リディが子をなせない躰だと言わないのか。

たまたま好きになった女が不妊だなんて好都合だ。国王に忠誠を示すチャンスである。

そのとき、『私への求婚を取り下げなかったのは……私を憐れんでのことですか？』と言ったときの、リディの思いつめたような表情が頭に浮かんだ。

黙っていれば公爵と結婚できるというのに、リディは自ら、知られたくないことをさらしてまで、結婚を辞退しようとした。彼女は不妊のことを気にしていないようで、ものすごく気にしている。

そんな秘密を陰で漏らすようなことは、ローランにはできない。絶対にしたくなかった。

『へえ。避妊するってわけ？』

ヴィクトルが、揶揄うように言ってきた。

ローランは立ち上がり、『そのつもりです』と言い切る。

『伯爵令嬢は不満に思うのでは？』

『世間に疎い女性なので大丈夫かと』

『ふぅん。そういうテクニック、今度教えろよ。息子は欲しいけど、さすがに、側妃でもない女との間に子ができると面倒なことになるだろう？』

彼が微笑んだ。嘘くさい笑みだ――。

認めたくないが、顔の造りも、作り笑いも、鏡で見る自分にどこか似ていた。

第五章　もっと知りたいと思うのは、恋でしょうか

フォートレル公爵邸のエントランス前で、リディはローランに手を取られ、黄金で装飾された優雅な馬車に乗り込む。いよいよ王宮舞踏会へと出発だ。

ふたりを乗せた馬車が動き始めると、そのあとに侍従や侍女を乗せた馬車が続く。

馬車の中で、ローランは握ったリディの手を引っ張って自身の膝上に置いた。

「この馬車は、中の声が御者にだって聞こえないんだ」

開口一番がこれだなんて、以前のような破廉恥（はれんち）な真似（まね）でもする気だろうか。

——せっかくの身だしなみや化粧が崩れるから、それはないですよね？

発言の意図がわからず、リディが彼を見つめると、ローランが片方の口の端を上げた。だが、彼の瞳は笑っていなかった。

「美しくなりすぎたかもしれないいな」

この期（ご）に及んで、また国王と浮気するとか心配しているのだろうか。

「それは、どのような意味でしょうか」

「言葉通りだよ。贔屓目（ひいきめ）ではなく、君は宮廷一、美しい」

リディはぎょっとしてしまった。彼の口角はいつものように上がっているが、その眼差しは、見たことがないくらい昏かったからだ。

リディの困惑が表情に出ていたのか、ローランがこんなことを言ってくる。

「どうした？　宮廷では、いつも微笑を浮かべていないといけないよ。笑って、リディ」

リディは慌てて笑みを作った。

「舞踏会の前に国王に挨拶するが、どんなことを言われても、気にしなくていいからね。その微笑みを維持するんだ」

——それはどういうことでしょうか。

こんな大事な心づもりを、用意周到なローランが、直前まで言わなかったのが解せない。

「なぜ今になって……？」

「前日から緊張させてもいいことはないからね」

そういえば、ここは防音だとローランが言っていた。

「もしかして、公爵邸だと、誰かが聞いている可能性があるからですか？」

彼が半眼になって一拍置くと、指先でリディの顎を上げてくる。顔を覗きこむように見つめてきた。

「さすが私が見込んだだけあるな。その通りだ。ここは密談に向いている場所で、ここでの会話は君の心の中にだけ留め置いてくれ」

彼が淡々と言ってくる。

「国王陛下が一体、私に何をおっしゃると言われるのです？」

「私が喜ぶようなことを言わないのは確かだ」

仲がよくないのかと聞こうとして喉もとで押しとどめた。あまりに陳腐な質問だ。一国の王とその腹違いの王弟ともなると、普通の貴族の兄弟とは訳が違う。

ローランがふっと小さく笑った。いつもの瞳に戻ったので、リディはホッとした。

彼が腰に手を回してリディを抱きよせてくる。

「そんなに緊張しないで。国王の話はここでおしまいだ」

「はい」

リディは彼の肩に頭を寄せる。国王は周りから怖れられていて、次々と側妃を娶ることで、王妃の祖国をも敵に回していると聞いたことがあるが、一体どんな人物なのだろうか——。

やがて、車窓から王宮が見えてくる。

リディが幼いころ訪れたとき、とても大きく感じたが、それは幼かったからではなかった。今見ても巨大な建物である。

当時は大きさぐらいしかわからなかったが、今となっては、黄金の装飾で輝く屋根や、壁を彩る彫像や彫刻細工の見事さに圧倒される。

まさに四百年以上続く王室の権威を感じさせる建物だ。

「ローラン様は、ここでお育ちになったのですよね？」

「そうだね。父が存命のときはね」

前国王が亡くなったあと、兄ヴィクトルが国王になり、彼は公爵として、王宮から出ることになったのだ。

リディが、そんなことに想いを巡らせていると、馬車が停まった。黄金の装飾と重厚な赤で統一された格式高いエントランスだ。

ローランは、さすが宮殿で育っただけあって、エントランスに入ると、慣れた足取りで回廊を歩き、階段を上り二階にある扉の前で歩を止める。

ローランが衛兵に目配せしただけで衛兵が扉を開け、侍従が出てくると「公爵閣下、しばらく中でお待ちください」と、恭しく中へと案内した。

応接の間の中央には黒光りする大理石のローテーブルと黄金で縁取られた長椅子があったが、ローランは座ろうとしなかった。

侍従たちの目があるので、きょろきょろするわけにはいかないが、白い壁には黄金が這い、燭台は黄金の天使たちの像に支えられている。

とことん贅を突きつめた部屋だ。

——きっと宮殿は、どの部屋もこんな感じなのでしょう。

しばらく無言で立っていると、扉が開いて金髪の男が顔を出した。金糸で草花が刺繍された見事な長衣を羽織っているので、おそらく彼が国王だ。

——なんてお若いのでしょう！

第一印象はこれに尽きる。

彼はローランより三歳上の二十八歳のはずだが、二十代前半にしか見えない。髪と瞳の色は同じで、顔の造りもローランに似ているが、全体的に線が細く、中性的な印象を受けた。

——この方には……お会いしたことがあります。

突如として、リディの脳裡（のうり）に、十年以上前の記憶が蘇（よみがえ）った。

リディが六歳のとき、王太子（ヴィクトル）の十六歳の誕生日だとかで、王宮の庭で、子どもたちを集めたガーデンパーティーが開かれた。

王太子は気分屋で怖いうえに、彼を取り巻く子どもたちが嘘（うそ）ばかりついていて、二度と王宮になど行きたくないと思ったものだ。

——あのときは遠巻きに眺めるだけで済んだのに、こんなに近くまで来ることになるなんて……。

リディがローランを見上げると、彼は公（おおやけ）の場での〝公爵閣下〟らしい優雅な微笑を作っていた。

「国王陛下、本日はお時間を作ってくださり、ありがとうございました」

ローランの周りに、はらはらと、あの美しい花が舞う。

——感謝していないということでしょうか。

それにしても兄なのに陛下と呼ぶなんて、他人行儀だ。

国王ヴィクトルが椅子に腰かけると、大理石のローテーブルの向かいにある長椅子を手で指ししめしながら笑んだ。

ヴィクトルの笑顔も仮面だが、ローランとは種類が違う。

――何か邪悪なものを覆い隠すような……。

「昔のように兄上と呼んでくれればいいのに」

ヴィクトルがそう言った瞬間、花が舞った。

つまり、本音としては兄なんて馴れ馴れしく呼んでほしくないということだ。

ヴィクトルの花は、白い花びらの中央に黄色い小さな花びらが顔をのぞかせる可愛らしい花だった。

――これは……スイセン？

少し女性的で美しい感じが彼の見た目には合うが、毒を含んだ花である。

――どんな花言葉を持っているのでしょう。

リディがそんな考えを巡らしている間も、ローランは座ろうとしなかった。

こんなことを兄に告げる。

「国王陛下を、気安く兄上などとお呼びできません。そこはわきまえております。王宮舞踏会デビュー当日になって恐縮ですが、ご紹介させてください。こちらが私の婚約者のドワイヤン伯爵令嬢リディです。さ、リディ、ご挨拶を」

リディは腰を落とす丁寧な辞儀をした。これをさせるために彼は座ろうとしなかったのだ。

「国王陛下、お目にかかれて大変光栄に存じます。私は、リディ・ド・ドワイヤンと申します。このたびは王宮舞踏会にご招待くださり、感謝申し上げます。初めての王宮舞踏会で緊張しておりますが、ご指導のほど、どうかよろしくお願い申し上げます」

ヴィクトルがクッと小さく笑った。

「固いね。まあ、ふたりとも座るがいいよ」

「では、お言葉に甘えて失礼いたします」

と、ローランがリディに目配せしてきたので、リディは、長椅子に彼と並んで座った。

「こんなにきれいな娘を、公爵はどこに隠していたのかって巷じゃ話題だよ？」

ヴィクトルが揶揄うように半笑いで問うと、ローランが大真面目にこう答える。

「陛下、私が社交界に出さなかったのではありません。見初めた相手が社交界デビューしていなかっただけです」

「ドワイヤン伯爵は十八になるまで娘を社交界に出さなかったなんて、どういう了見だろうね？」

彼の視線が、蛇のようにリディにまとわりついた。

国王が、リディに答えを求めている。

リディは、自身の口角がちゃんと上げっぱなしになっていることを意識しながらこう答えた。

「私は社交が苦手だと思い込んで邸にこもっておりましたが、公爵閣下が外へ連れ出してくださり、こうして国王陛下にお目見えする栄誉に浴することができました」

「余と会えたことより、ローランと婚約できたほうが君にとって幸いだっただろう？」

答えにくい問いだ。

だが、すぐにローランが間に入ってくれた。

「私としては、私と会えたことのほうを幸運だと思ってほしいところですが、彼女はそうではないようで残念です」

ぶわっと、コーンフラワーブルーが空間を彩る。嘘は彼の処世術だ。自分の大切なものを、自分の心を守るための――。

――それを最初、私は悪人みたいに……。

「ふん。本心かな。で、リディ、君は子どもを、何人ぐらい産むつもりなんだ？」

子どもの話題はタブーなはずで、国王のほうから振られるなんて思ってもいなかった。だが、これは履修済みだ。こういう返答に困るような質問は曖昧なままにしておくことが望ましいとゴセック夫人に習った。

「こればかりは、私にはわかりかねます」

そう言って、リディは扇で口もとを隠し、ローランのほうに顔を向ける。

ローランが小さく咳払いをした。

「私は妻さえいればいいので、それ以上は望みません」

リディはじっと彼の周りを観察する。

――こういうとき、本当に花が飛ばないんだから……この方は……。

なぜか心がぎゅっと締めつけられたところで、笑い声が聞こえてきた。

「おまえがそこまで、女にのめりこむなんてな」

ヴィクトルが、嘲笑とも取れるような笑みを浮かべている。

そのときリディは、国王は一生、誰のことも好きにならないのではないかと思った。


国王との謁見が終わり、リディがローランに連れられて舞踏広間に入ると、皆の視線が一斉にふたりに注がれる。

彼の場合、ひとりで現れたときだってこんなふうに注目されていたのだろうが、今日ばかりは、皆の関心はローランというよりもむしろリディに向かっていた。

リディは、値踏みするような眼差しにからめとられ、窒息しそうになる。

――誰の目にも触れない場所から、いきなりこんなところに来るなんて……温度差が激しすぎです。

ローランがリディの腰を抱き寄せ、小声でこう囁（ささや）いてくる。

「あまりの美しさに、皆、君に釘付（くぎづ）けだよ」

その瞬間、女性たちの目つきが変わった。ある令嬢は憎々しげに、ある夫人はショックを受けたように――。

――こういうところ、ローラン様は鈍感すぎです。

皆が遠巻きに眺める中、真っ先に飛んできたのは兄のジェラルドだ。

「元帥閣下！　まさか私が引き合わせたことで、妹がこのような栄誉に浴するとは、兄として光栄至極に存じます！」

――兄の場合、鈍さがむしろ武器です。

ローランが苦笑して、リディに含意のある視線を向けてきた。おそらく兄と妹の温度差を感じているのだろう。

ローランがジェラルドに視線を戻す。

「私が結婚したい相手と出逢えたのは君のおかげだ」

ジェラルドが目を瞬かせたあと、リディに顔を向ける。

「リディはなんて幸せ者なんだろう。一生、この兄に感謝し続けるんだよ」

真顔でこんなことを言われて、リディは笑ってしまう。だがいつものように口を開けて笑うなんてことはなかった。ゴセック夫人の教えが身に染みていて、扇で口もとを隠し、少し口角を上げるだけに留めた。

「リディ、すっかり優雅な貴婦人になってしまって……気安く話しかけられないよ」

そう言ってから、ジェラルドは公爵を見上げ、ハッとした表情になった。

「そうです。公爵夫人におなりになるのですから、敬語で話さないといけません！」

いつになく、キリッとした表情で宣言するものだから、ローランまで笑い出す。

そのとき、「国王陛下のおなり」という声が上がり、同時に楽団が華々しい曲を演奏し始めた。

おしゃべりをしていた皆が一斉に口を噤（つぐ）み、豪奢（ごうしゃ）な両開きの扉に目を向ける。

侍従がふたりがかりで、ゆっくりと扉を開けると、国王ヴィクトルが登場し、リディは目を見張った。

彼の両脇に三人の美しい女性が寄り添っていたからだ。

リディは、三番目の側妃が現在の寵姫（ちょうき）で王妃の代わりを果たしていると思い込んでいた。だが、ひと目で勘違いだと気づく。

三人とも競い合うように贅を尽くしたドレスを身に纏（まと）っていたからだ。この中で男児を産んだ者が勝者となる。

もし、男児が生まれないままヴィクトルが他界するようなことになったら、国王となったローランはこんなふうにリディ以外の女性を侍（はべ）らすことになるのではないか。

自分が王妃になるかもしれない可能性に慄（おのの）いていられたときはまだ幸せだった。

不安に駆られてローランを見上げたら、穏やかな笑みで返される。

――この笑みがほかの女性に向けられたら？

想像しただけで、自分の足もとが崩れ落ちていくような恐怖に襲われた。

「リディ、国王陛下がお呼びだ。行こう」

そう言って、ローランが手を取ってきたので、リディは現実に引き戻される。

――目の前のことに集中しないといけません。

リディは顔を上げて口もとに笑みを作り、周りの人々に眼差しだけで挨拶しながら歩く。これもゴセック夫人に鍛えられてできるようになった技だ。

舞踏広間の一角に、国王と側妃たちのための黄金の椅子が用意されており、そこだけ真紅のベルベットが敷かれている。

その中央にヴィクトルが座し、周りの椅子に側妃が座っていた。

ローランがリディとともに国王の前まで行って辞儀をすると、ヴィクトルが立ち上がった。

とたん、会場中の視線が一斉に国王のほうに向かう。

「皆の者、本日、余は、我が異母弟、フォートレル公爵とドワイヤン伯爵令嬢リディの婚約を認めた。よって、この舞踏会が婚約披露の場となる。ローランとリディ、ファーストダンスは君たちふたりだ」

ローランが丁寧な辞儀をして「陛下、光栄でございます」と述べると、リディの手を取り、舞踏広間の中央に向かう。

ふたりでポーズを取ると、楽団が演奏を始め、貴族たちの視線の中、ふたりだけのダンスとなる。

公の場で踊るのは二回目だ。二回とも相手はローランで、彼とはここふた月ほど、毎朝ダンスの練習をした。

だから、わかる。

ローランは今、リディとのダンスを全く楽しんでいない。

彼は、微笑という仮面をいつもかぶっていて何を考えているのかわからなかったが、だんだん感情が読み取れるようになってきた。

いくら表情を作っても、人間なのだから、どうしても心の持ちようが出てしまう。

――王宮では、いつもこうなのでしょうか。

兄姉から聞いていた王宮舞踏会は、華やかで楽しい場所だったが、ローランにとっては違うのは確かだ。

そのとき、ターンしたことで、ヴィクトルが視界に入った。

獲物を狙うような目つきでこちらを見ている。

ぞくっと背筋に悪寒が走った。

「大丈夫。うまく踊れているよ？」

ローランにそう言われ、リディは、ハッとする。

「あの、私、今、ちゃんと微笑んでいませんでしたか？」

だから、心配して声をかけてくれたのだろうか。

「美しい微笑のままだったよ。だが、私にはわかる」

――わかる……。ローラン様も私の心、おわかりになるのですね。

リディにだってわかる。

彼の心が沈んでいるのは、きっと、国王との関係性から来ている――。

「私も最近、ローラン様の心がわかるようになってきました」

彼の瞳が僅かに見開かれた。彼はリディの発言を意外に感じている。こんな眼差しの些細な変化だってリディは読みとれるのだ。

「まるでもう夫婦みたいだ……っと、そろそろ終わりだね」

そのとき楽団の演奏が終わったので、リディはステップを止め、ローランと片手を繋いだまま、国王がいるほうを向いて腰の位置を落とし、繋いでいないほうの腕を広げる。

広間に、割れんばかりの拍手が響きわたり、ふたりは笑顔で応えた。

拍手が小さくなってくると、ローランによる婚約発表となる。

「私、ローラン・ド・フォートレルは、こちらのドワイヤン伯爵家ご令嬢リディと婚約することを、ここに宣言します」

再び大きな拍手とともに、皆が口々に祝福の言葉を述べる。女性たちの近くで花が舞っているのは、ローランが結婚するなんて認めたくないからだろう。

——私みたいなぽっと出と婚約なんて、納得いきませんよね。

もちろん、周りの令嬢からお祝いの言葉をもらっているらしきオフェリーからは真紅のアマリリスが噴き出していた。

きっとオフェリーは、令嬢たちから、妹への祝福の言葉をもらっては、「ありがとう」と、思ってもいない言葉を吐く羽目になっているのだろう。

心の中でオフェリーに謝っていると、涙ぐむ両親の姿が見えて、リディまで感極まってしまう。両親の庇護のもと、ひっそりと暮らしていくつもりだったのに、遠いところまで来てしまった。

だが、そんな感傷はすぐに吹き飛んだ。

国王ヴィクトルがゆっくりと近づいてきたのだ。彼の通るところに道ができ、その道はリディとローランのところまで開かれていく。

彼は、ローランより細身で身長も低く、顔立ちも女性的なのに、目つきは獲物に狙いを定める獣か蛇のようで、リディはすくみ上がってしまう。

ヴィクトルが、ふたりの前まで来ると歩を止めた。

「ローラン、美しい婚約者を少しお借りできるかな」

そのとき、ローランは、にっこりと微笑んだ。

だが、リディにはわかる。ローランは今まで見たことがないくらい機嫌が悪い。

「リディが陛下と結婚したくなっては困るので、一曲だけにしていただけるなら喜んでお貸ししましょう」

その瞬間、あの美しい青い花びらが舞う。本当は、喜んでいないようだ。

ヴィクトルが少し口角を上げ、形だけの笑みを浮かべた。

「ひとりで眺めているのも暇だろう？　そうだ。オフェリーはいるか？」

そう言って、ヴィクトルが華やかな令嬢集団のほうに目を向けると、オフェリーが喜び勇んで出てきた。

——こういうときに目を輝かせることができるなんて、お姉様、さすがです。

本当は、彼女のように社交的な令嬢こそ公爵夫人にふさわしい。

オフェリーが国王の前まで来て、優雅に辞儀をすると、彼がオフェリーの手を取って、ローランのほうに向けて引っ張った。

「ローランは未来の義姉と踊るがいい」

「お気遣いに感謝申し上げます」

ローランがオフェリーに目配せすると、彼女が近づき、ローランが手を取る。

いつも踊っているようなスムーズな流れだった。

リディは再び、足もとが崩れゆくような感覚に襲われていた。

——私、独占欲が強すぎるのではないでしょうか。

そのとき、リディも手を繋がれる。ローランのようにかさついても、ゴツゴツしてもいない、女のような白く滑らかな手だ。

振り仰げば、ヴィクトルが値踏みするような目でリディを見て、片方の口角を上げた。

ヴィクトルに、背をぐいっと引き寄せられ、ダンスを始めるときのポーズを取る。

斜め向こうにローランがいるものだから、ヴィクトルの背越しに、ローランの姿が視界に入った。

ローランもまたオフェリーの背に手を回し、ポーズを取っている。ローランも姉も金髪で顔立ちが華やかなので豪華な背景が似合っていて、一幅の絵画のようだ。

これから、この大きな広間で、ふた組だけで踊るというのに、オフェリーは緊張することなくローランと談笑している。

皆もきっと、なぜローランが姉ではなく妹を選んだのかと不思議に思っていることだろう。

みじめな気持ちになってきたところで、演奏が始まり、リディの緊張は一気に高まる。

ヴィクトルはローランと顔の造りが似ているが、ダンスは全く違っていた。

兄（ヴィクトル）は、婦人（リディ）の意を汲（く）むことなく、自分の踊りたいように踊る。国の頂点に立つ者だから、誰かに合わせる、なんて発想自体がないのだろう。

ローランは初めて踊ったときだって、リディがうまく踊れるよう援護してくれた。彼が女性から人気があるのは、きっとそういう面も大きいに違いない。

実際、今、オフェリーは、家では見せたことのない、蕩（とろ）けるような笑みを浮かべていた。

「ローランとオフェリーのことが気になっているんだろう？」

ヴィクトルから図星な指摘を受けたものの、リディは顔に出さないよう努める。

「それはもう。姉と婚約者の交流の機会をくださり、感謝しております」

と、リディは心にもないことを述べた。

誰か嘘を見破れる能力がいる人がいたら、今、リディの周りは花が噴き出していることだろう。

「へえ。心が広いね。社交的な姉のほうが、公爵にふさわしいとか思わないわけ？」

——いきなり、痛いところを突かれてしまいました。

リディは前から、ヴィクトルの笑みを怖いと思っていたが、その訳がようやくわかった。

彼の笑みは嗜虐的なのだ。

「思います。私が一番そう思っています」

「つまり、どうしてローランが君を選んだのか、君自身がわからないってこと？」

「ええ。私よりふさわしいご令嬢がたくさんいらっしゃるのに、どうして私なのか不思議でなりません」

――内向的な上に、子を産まない私を選ぶなんてローラン様は本当にどうかしています。

「ご謙遜。ローランはあんなに女受けがいいのに、誰も選ぼうとしなかったのだから、君は勝者だよ。勝ち誇っていればいい」

「私は、たまたま選ばれただけで、勝ったとは思えないのです」

「へえ、言うね」

反論のように聞こえたのだろうか。だとしたら、まずい。

――早く演奏が終わってくれないと、ぼろが出そうです。

どう応じたらいいのかわからず、リディが動揺していたら、彼が話を続けた。

「君は王宮舞踏会が初めてだから、わからないんだ。ローランはいつも、オフェリーをはじめ美貌に自信のある令嬢たちに取り囲まれていて、彼女たちの協定で順番に踊っていたのさ。普通の令嬢は気後れして近づけないからね」

――公爵夫人というトロフィーを巡って、陽の戦士たちが試合を繰り広げていたのですね。

試合していないリディがトロフィーを受け取ろうとしているのだから、オフェリーの『公爵の心を掴むなんて聞いてない！』という腹立ちも納得である。

「……私は今でも気後れしています」

リディは、はっきりしゃべるようにとゴセック夫人の指導を受けたのに、気づけば消え入るような声でそう答えていた。

すると、ヴィクトルが笑い出した。

「これはいい。君はおもしろいね」

「あ、ありがとうございます」

感謝を述べるような状況でもないような気がするが、とにかく角が立たない言葉を探したらこうなった。

そのとき、音楽がやみ、リディは人心地がつく。

王家と伯爵家、兄弟と姉妹の組み合わせ、それぞれがポーズを取り、拍手に包まれた。

ヴィクトルがリディの手を引っ張り、ローランのほうに差し出す。

「婚約者は返すよ。オフェリー、今度は私と踊るか？」

オフェリーの顔が、ぱあぁっと明るくなり、ヴィクトルのほうに躰を向けた。

「国王陛下、とてもうれしゅうございますわ」

花が飛ばない。

つまり、国王と踊りたいと本当に思っているということだ。栄誉なのかもしれないが、側妃が三人もいるような人と踊りたいなんて気が知れない。

ヴィクトルが「皆も踊るように」と告げると、踊りたい者たちは広間の中央へと集まり、踊らない者たちは離れていく。

「では、リディ、私たちは休もうか」

「は、はい」

ローランが穏やかな眼差しで、そう提案してくれたので、リディは胸を撫(な)でおろす。

リディがローランに連れられて、壁際へ移ると、銀製のトレイに数種類のドリンクを載せた給仕がすかさず近づいてくる。

ローランが白ワインを、リディはオレンジジュースを手に取った。

「では私たちの婚約に乾杯」

彼が、グラスをカチンと触れ合わせ、ワインに口をつけたので、リディもグラスを傾ける。緊張で喉がからからなので一気に飲み干してしまった。

「喉、渇いていたんだな」

くすりと笑われ、リディが恥ずかしくなったところで、「元帥閣下、おめでとうございます」と軍服を身に着けた四十代、五十代の軍人たちが夫人同伴でやって来た。皆一様にリディの美しさを褒めたたえてくれたが、これはリディが上司の婚約者だからにすぎない。

――勘違いしないようにしないといけません。

将校たちが去ると次は大臣といった具合に、次々と高位の貴族が現れるものだから、ダンスどころではなく挨拶に終始することとなった。

一方、ヴィクトルは、オフェリーと踊ったあと、側妃三人と順繰りにダンスをし、皆に「楽しむように」と言い残して退出した。

それを見届けると、ローランがリディにこう耳打ちしてくる。

「そろそろ帰ろうか」

以前、リディは、ローランがこういう場を好み、こういう場に好まれる人物だと思っていたが、今は違う。

彼の言葉には〝これでやっと帰れる〟というニュアンスがあった。

ただ、こういう場に好まれているというのは間違っておらず、ローランは舞踏広間を出たあとも、回廊やエントランスで、次々と、知り合いや信奉者に引き留められ、会話をすることになる。

相手が誰であろうが、彼は花を散らしながらも丁寧に応対するものだから、馬車に乗り込むまで、やたら時間がかかった。

終始にこやかに話していたローランが、馬車でリディと並んで座ると、背もたれに身を預け、疲れた様子で黙り込んだ。

――少し、意外です。

ローランは、リディがセドリックと少し話しただけで嫉妬していたから、国王と踊ったとなると、またどんな嫉妬をされるのかと思っていたのだ。

セドリックのときのように伝聞ではなく、リディが断れない状況をその目で見たためなのか、それとも国王が既婚者だからだろうか――。

リディも、特に話しかけなかったので、しばらくの間、車内は車輪の音だけが響いていた。

「……初の王宮舞踏会、どうだった？」

ようやく、彼が口を開いたと思ったら、こんな質問だった。

リディはローランのほうを向く。彼は……どこか気落ちして見えた。

――舞踏広間での私のふるまいに、失望なさっているのでしょうか。

「私、ちゃんとこなせていたでしょうか。それだけが心配です」

彼が口角を上げたが、その目は笑っていなかった。

「こなせた？　君は美しく気高く、完璧以上だったよ」

「そう……でしょうか。でも国王陛下はローラン様には私より姉のほうがふさわしいとおっしゃっていました。私もそう思います」

彼の眉間に皺が寄った。

「は？　私が愛しているのは君だと何度も言っているだろう？」

「でも、周りからはそう見えません。私も姉のほうがふさわしいと思います。姉なら、ローラン様のお子だって……」

そう言いかけたところで、ローランに唇を覆われる。腰を引き寄せられ、躰が密着する中、息ができないほどに深くくちづけられた。

くちゅくちゅという水音の合間に、自身の喉奥から、「ふ……ぁふ……」と声が漏れ出す。

唇が離れたときには、リディはもう腰くだけになっていて、口を半開きにしたまま呆然とローランを眺めることしかできなかった。

「それより先は言うな」

こんなふうに厳しい言い方をされたのは初めてだった。

「は、はい……すみません」

彼が肩を抱いて、額に軽くキスをしてくる。

「すまない。萎縮させてしまったね。ただ、私のこの想いはいつまで一方通行なのかと思うと……」

そう言ってリディを見つめたときの彼の瞳は憂いを含んでいて、リディは胸がきりりと痛んだ。

リディは考えたことがなかった。自分が〝公爵閣下〟を落ち込ませることができるなんて。

彼女は自ずと彼の肩に頭を寄せる。

ローランが背に手を回してきたので、さらに躰が密着した。

――ずっとふたりきりで、こうしていられたら幸せなのに……。

だが、そうすることで、彼を幸せにできるのかというと、その自信は全くない。

「リディ、私は君がいれば……それでいい」

彼は、子どもができなくても幸せだと伝えようとしてくれているのだ。

ここがリディの居場所だ。

リディの中に、急にそんな想いが生まれた。

「あの……今晩も泊まらせていただいていいですか？」

ローランが僅かに目を見開いたあと、いたずらっぽくこう言ってきた。

「君からそんなことを言ってくれたのは初めてだ。さては、舞踏会で私に惚れたな？」

リディは顔を上げ、ローランの双眸を見つめる。

「雲の上の存在だったローラン様に、急に人間味を感じたのです」

ローランが呆気にとられたように目を瞬かせたあと、可笑しそうに笑い始めた。

「おもしろいことを言う。同じベッドで抱き合ったというのに、私だけ雲の上にいたということか？」

「そ……そんなこと、口に出して言わないで……ください」

「もう婚約を発表したんだから、ローラン様ではなく、ローランと呼んでくれ。ローランが人間だったってわかったんだろう？」

揶揄うように言われて、リディは彼に視線を合わせた。

「……ローラン？」

「そんなふうに可愛く呼ばれたら、今すぐ抱かずにはいられないよ」

そう言って、彼が耳を甘噛みしてくるものだから、リディは思わず片目を瞑った。

「あっ……でも、ここは馬車……」

と言いかけてから、初めて馬車に同乗したとき途中までされたことを思い出す。

「そうだ。馬車だ。君の声を誰にも聞かせずに済む場所だよ」

かっちりした軍服を身に着けたローランに、野性味のある眼差しを向けられ、胸のきゅんきゅんが止まらなくなる。

「あまり気持ちよくさせてやれないかもしれないが、いいか？」

「は……い」

それで彼の気分が少しでも上向くなら、本望だ。

「リディ、頬を赤くして、なんて可愛いんだ」

彼がリディの顎を持ち上げ、自身の顔を傾ける。長い睫毛が舞い降り、サファイアの瞳を瞼が覆った。唇が重なると、肉厚な舌が口内に入り込んでくる。リディは自身の舌を夢中でからめた。唇が離れたあとも、しばらく向き合ったまま陶然として見つめ合い、息を整える。

「いつも王宮帰りは気分が悪いんだが、今日は浮上できそうだ」

——気分が滅入っていたのは、私のせいではなかったのですね。

「少しでも、ローラン様……ローランのお役に立てるなら、とてもうれしいです」

彼が頬を寄せ、ぎゅっと抱きしめてくる。

「リディ、役に立つなんて言葉を使うのはよせ。君は私の道具ではなく、愛する人だ」

こういうことをさらっと言えるのがすごい。リディだってローランのことが好きだ。だが、彼は男として最高の魅力を備えている人で、これが愛だというのなら、あの舞踏会の令嬢たちだって皆、ローランを愛していることになる。

実際、ローランは令嬢に告白されたとき『私のことを何も知らないくせに』となじっていた。

リディとてあの令嬢と同じで、ローランはまだわからないことだらけだ。なので、『愛している』と彼に告げる資格はリディにもない。

そんな逡巡を見透かしたように彼がこう言ってくる。

「いつになったら私は、君の愛する男になれるんだろうな?」

ローランが隣に座ったまま、リディの耳をしゃぶりながらドレスの肩部分をずりさげ、片方の乳房を引き出すと、その頂点を口に含んだ。

「あ……ローラン……」

乳暈を舐めたり吸ったりしながら、ローランがもう片方の乳房も引き出して揉みしだいてくる。乳首はもう敏感になっていて、彼の指が触れるたびにとてつもない快感があふれ出し、声が止まらなくなる。

「あ……ぁん……ふ……ぁあ……」

リディは自身の左右に手を突き、首を仰け反らせて啼いた。

そのとき彼の手がスカートの中へと伸びていき、ドロワーズの股の切れ目から指が差し入れられ、くちゅくちゅと浅瀬を掻き回される。

「んっ！　あぁ……あ、ぁ……ふぁ」

——今、滴りが太ももを伝った——。

その零れ落ちる感覚が、リディの官能をさらに高めていく。

「すごく濡れているから、拭き取ってあげるよ」

彼が立ち上がってリディのスカートをばさりとめくり上げると、リディの脚を左右に広げ、その間にかしずいた。

「ローラン……まさか」

次の瞬間、リディの秘所に彼の唇があてがわれ、じゅ、じゅうと、ローランが啜る水音が立つ。太ももに彼の長い指が食い込んでいるのもたまらない。

「あ……そんなとこ……ローランが……気持ちよく……なれな……ぁあ！」

彼の片手がリディの乳房へと伸び、つんと立ち上がった薄ピンクの蕾を摘まんでぐりぐりしてくるものだから、彼女は両脚をびくびくと痙攣させた。

「私は君に触れるだけで気持ちいいよ？　特にこの蜜は私を幸せにしてくれる」

そのとき濡れた秘所に息がかかり、とてつもない愉悦が湧き上がった。

——こんな……小さな刺激なのに……。

「はぁ……は……ぁあ」

リディは吐息のような声で快感を逃す。

「ここに息がかかっただけで達きそうになってる？」

彼の声には喜色が含まれていた。

「そ……そんなこと」

——あります……。

なんて口にはできない。

彼が、乳首をいじりながら、舌で秘裂を何度も舐め上げてくるものだから、リディは甘い声が止まらなくなる。

「そんな可愛い声を出されては、これ以上、我慢できないな」

ローランが立ち上がって中腰になるとリディの膝裏をぐいっと持ち上げた。弾みでリディの背がずり下がる。

これでは秘所が見えてしまう。

「いやっ。恥ずかしい……」

リディが顔を上げると、ローランが劣情を宿した眼差しで、しかも何かに耐えるように眉間に皺を寄せていた。

かっちりした軍服とは対照的なその表情に、リディは見入ってしまう。

視線を下げると、広げられた両脚の向こうで、猛(たけ)ったものが雄々しく屹立(きつりつ)している。いつの間にか前立てをゆるめていたようで、リディは思わず目を逸(そ)らした。

――こんなに大きいのが、どうやって私の中に入ったというのでしょう？

「私だって見られて恥ずかしいさ」

「ローランも……？」

なるべく下を見ないように、彼の顔だけを見つめた。

「私のは……君の花弁みたいにピンク色じゃない」

彼が切っ先で蜜口を突(つつ)いたものだから少し食い込んだ。

「ん……あ」

痺(しび)れるような快感が背筋を昇っていき、リディは、ぎゅっと目を瞑る。座面に爪を立てて耐えた。

――私の恥ずかしいところ……ねだるみたいに、ひくひくしています……。

そのせいで、彼の脈打つものの硬さが余計に意識され、気持ちよさが高まる一方、もっと奥まで欲しいようなもどかしさが生まれていた。

「今、ここ、きゅって締めつけてきたよ？」

「だ、だって、ローランが……く、くださ……もっと……」

――私のもっと深いところまで。

ローランがゆっくりとしたひと突きで蜜洞をみっしりと満たしてくる。じっとしていても、馬車の振動で中が揺れ、蜜壁のあらゆるところで快感が弾ける。

「あ……ぁあ……ん……ふぁ……あ」

彼が少し腰を退き、再びゆっくりと押し入って、そこで動きを止めると目を眇めた。

「馬車の揺れ……結構くる……」

――ローランも、これ……気持ちいいのですね。

彼が腰を少し退いた。それだけで、蜜壁がこすられ、新たな快感が生まれる。

「あぁん」

彼が再びガッと勢いよく穿ってきたかと思うと、ゆっくりと半ばまで引き出す。これを何度も繰り返し、抜き差しが加速していく。

リディは喘ぎ声が止まらなくなっていた。

「そんなに強く締めて……そろそろだな……」

リディにはもう、返事をできるような余裕はない。ただ、終わりのない甘い熱に浮かされている。

そのとき自身の腹の奥で、彼の張りつめていたものが弾けた。熱い飛沫を初めて感じとったことで、リディは絶頂へと押し上げられる。


リディが達したので、ローランは彼女の身だしなみを整えると、隣にどさりと腰を下ろす。彼女を抱き寄せ、その顔を眺めた。

リディは、口をわずかに開けて幸せそうに目を瞑っている。

――まさか、私があの娘と結婚することになるとは……な。

リディは覚えていないようだが、ローランは十三歳のときに、六歳のリディに会ったことがある。


あれは、王宮の中庭で開かれた、ヴィクトルの十六歳の誕生生パーティーのときだ。

彼は女子が喜ぶ余興として、『鉱物の当てっこクイズ』なるものを思いつき、学友たちに、研磨すれば宝石になる鉱物を持ってくるよう強要した。

学友というのは、王妃が選んだ高位の貴族の子息と成績のいい男子、合わせて十人のことで、将来の廷臣となるべく、王太子とともに王宮で学んでいた。

裕福な家の子は競うように高価な原石を持ち寄ったが、そうではない男爵令息のエドモンが困った挙句、母の形見であるアメジストを差し出したというではないか。

ローランは幼いときに母親を失っているので他人事とは思えず、一計を案じた。

ヴィクトルが用意した十個の鉱物の中から、アメジストを含む、陽の光で輝く鉱物三つを抜き取ると同時に王宮の庭に烏を放ち、人の目に触れさせる。

三つ抜き取ったのは、アメジストの持ち主だけが疑われるようなことを避けるためだ。

ローランは、事前に砂を入れておいた庭の木の洞に鉱物三つを隠した。

そこを、リディに見つかってしまったのだ。

幼い子なので『蛇の巣だ』と適当な嘘をつけば近づかなくなると、たかを括っていたが、彼女は嘘を見抜いていて、パーティーのあと、再びあの木の前に現れ、こんなことを言ってきた。

『どうせつくなら、人を幸せにするような嘘をついてよ』

彼女の言葉がすとんと自分の中に入っていったのは、その理由が六歳らしい、ちょっと可笑しな内容だったからかもしれない。

彼女の兄が、祖母を喜ばせるために自分を大きく見せるような嘘をついているが、その嘘のおかげで祖母は幸せだというのだ。

そんな兄のことをお調子者だとも言っていた。

彼女の言葉はローランの心の深いところに刻まれた。

というのも、そう言われて久々に、幼いころ母につかれた嘘を思い出したからだ。

ローランが六歳のとき、死期を悟った母が、彼をベッド脇に座らせ、弱々しく手を握ってこんなことを言ってきた。

『私は、これからはいつだってあなたのそばにいられるのよ。だから寂しいなんて思わないでね』

それから一週間後、母は、母の形をしている人形のようなものになってしまった。

——この中に母はいない。

母が言っていたのはこのことだったのだ。母は容れものから出た。だから、ずっとローランのそばにいられる、と。

だが、そんなのは嘘だとすぐ気づいた。

母はしがない子爵家の娘で、ローランがそれまで優遇されてきたのは、ひとえに国王の母への寵愛によるものだ。

母が亡くなったあとの、王宮でのローランの扱いは惨憺たるもので、母の居室から追い出されて小さな部屋に移された。王妃がローランを貶したって、ヴィクトルにひどいことをされたって、母は何もしてくれない。

ローランは辛かった。寂しかった。

だから、亡き母に当たった。

そばにいるなんて嘘をつくな、と――。

だが、ローランは『人を幸せにする嘘』というリディの言葉を聞いて、ようやく過去と向き合うことができた。

――あれはローランに少しでも幸せになってほしくてついた嘘だ。

母はもう息子を守れなくなることがわかっていた。だから、せめてそばにいて見守りたかった。

母は今だって、ローランのそばにいる。

だって、母が、ローランのそばにいたかったのだから。息子が〝いる〟と思い込めば、母はローランのそばにいることになる。

ローランには、死してなお、そばにいたいと思うほどに愛してくれる人がいた——それだけが真実だ。

それならば、人を幸せにするような嘘をつこう。いつも自分を見守ってくれる母なら、そのほうがきっと喜ぶ。

苦手な人間にも、そんな気持ちで接したら、相手が自分の味方をしてくれるようになり、気づけばローランは聖人などと呼ばれるようになっていた。

つまり、七歳年下のリディィは、彼女の知らぬところで、ローランにとって恩人のような存在になっていたのだ。

だからローランは、いつかもう一度リディィと話をしたいと思っていた。

いずれ社交界デビューしたときに会えるだろうと待っていたら、姉のオフェリーがデビューした十六歳という年齢になってもデビューしないどころか、まるで存在を消されているかのようだった。

さすがに十八歳になったとき、気になって調べさせたら、自邸に閉じこもっているというではないか。

虐待されているのではないかと心配になって、ドワイヤン伯爵邸のガーテンパーティーに参加し、兄のジェラルドにリディィのことを聞いたら、何を勘違いしたのか『うちの妹は可愛い』などとアピールし出すものだから困惑した。

六歳のリディィが見抜いていた通り、大人になってもジェラルドは〝お調子者〟だ。

かくして、ガーデンパーティーに連れ出されたリディィは、少し流行遅れの、サイズの合わないごてごてしたピンクのドレスを着せられて不服そうだった。

六歳のときも愛らしい顔をしていたが、今やとても美しい女性になっていた。

触ってみたくなるような滑らかな肌は大理石のように白く、新緑のようなエメラルドグリーンの瞳の色を際立たせる。その瞳は大きく、少しふっくらした唇はさくらんぼのように艶々して赤い――。

だが、その美しさは、あくまで顔の造りだけで、この年齢特有の輝きがなかった。

彼女と同世代の、社交界デビューしたばかりの令嬢たちは、大人のスタート地点に立ったばかりの者だけが持つ特有の輝きを放っている。それは、未知の世界で起こることへの期待と不安みたいなものから生まれているのだろう。

リディはといえば、何かを諦めたような眼差しをして、心ここにあらず。公爵であるローランに挨拶するのも忘れていたぐらいだ。

六歳のときは王宮のガーデンパーティーに出て、見知らぬ少年(ローラン)に話しかけるぐらい物怖(ものお)じしない娘(こ)だったのに、あれから何が起こったというのか。

――リディの力になりたい。

公爵邸の舞踏会でデビューさせ、公爵と踊ったとなると箔(はく)がつく――そんな奢(おご)った気持ちもあったが、何よりもローランは、この再会を彼女との最後にしたくなかった。

舞踏広間に来たら、彼女は何を思うだろう。そして、ともにダンスするときに、どんな話題になるだろう。

普通の令嬢がすることなら、大体想像がつくし、想像しようとも思わない。

だが、リディの場合は全く想像がつかなかった。

――もっと知りたい。

人に対して、こんなふうに思うのは初めてのことだ。

この感情は、世間で恋と呼ばれるものなのだろうか。

ともに踊れば、何かわかるかもしれない。

それで早速、リディをダンスに誘ったが、彼女は緊張していて会話するどころか踊るので必死でそれどころではなかった。

だが、一生懸命ダンスしている様子を見ているうちに、心の中に愛(いと)おしいという感情が湧き上がってくる。

この気持ちを確かめたくて、彼女の日課を調べさせ、公園で声をかけた。

――我ながらどうかしている。

だが、恥を忍んで、日課を調べさせたかいがあった。

リディはやはり六歳のときのリディのままで、公爵相手に物怖じすることなく、意気揚々と農業について語り始めた。

そして、ローランが人と話していてこんなにも楽しいと思えたのは初めてだった。

彼女の話を聞いていると、社交界がつまらないところで、自分の好きなことをやっているリディこそが幸せに思えてくる。

——いや、実際、社交界はつまらないところだ。

それを一番知っているのはローランのはずだったのに、余計なことをしてしまった。

彼女にとって、家の奥に引きこもるというのは、社交界から逃れて自由に生きるということなのだ。

そんな彼女を、社交界に出ないなんてもったいないと連れ出したのは浅はかだった。

野原でのびのび咲いているものを、手折って花瓶に入れたらしおれるだけだ。花にとっては災難でしかない。

——リディの幸せのためには、近づかないほうがいいかもしれない。

そう思って、リディと距離を置こうとしていたところで、こんな噂が耳に入ってくる。

リディが公爵邸で舞踏会デビューして以来、独身男性たちが色めき立ち、ラスペード伯爵家のセドリックなど、姉同士が友人関係なのを利用して、リディとの邸内デートに持ち込んだ——そんな内容だった。

その瞬間、ローランはどす黒い感情に襲われる。

リディがセドリックと結婚するところを想像しただけで吐き気がした。

——セドリックなら、私のほうがリディを幸せにできる。

リディから手を引こうと思ったのは、あくまで彼女の幸せな独身生活のためだ。

居ても立ってもいられず、ドワイヤン伯爵邸を訪問したら、リディは農園に行っているというではないか。

馬を駆って農園に出向くと、リディがちょうど農民たちに感謝されているところだった。実際に成果を上げているとは、彼女が語っていた農業施策は決して趣味の延長ではなかったということだ。

駆けつけたのはいいが、彼自身が、仕事の邪魔をしにきた令嬢みたいなことになっていた。

そう思ってローランが苦笑したところで、ようやくリディが彼の存在に気づいた。

農園の人たちに冷やかされて恥ずかしいのか、それとも農園が彼女のホームだからなのか、リディが農園を案内してくれると言う。

ふたりで歩いていると、ローランはこれまでになく穏やかな心地になれた。こんな愛すべき時間の流れ方があるなんて思ってもいなかった。

——もっともっと彼女と多くの時間を過ごしたい。

そんな想いをいよいよ強くする。

そうなると、人間というのは相手からも見返りを求めるものなのか、この農園でのデートを、セドリックと庭を散策したことと同様に扱われ、とてつもなく理不尽な目に遭ったような気持ちになってしまった。

だが、実のところ、リディはローランの婚約者でも妻でもなんでもない。彼にリディを縛るような権利はなかった。

それならそれで、馬車という小さな空間で間を詰めるだけだ。

密室でふたりきりになれば、リディだってその気になるだろう。実際、くちづけをしたら、リディは抵抗するどころかローランに陶酔するかのような、今まで見せたことのない艶めいた表情を見せてくれた。

そのとき、彼自身の中で、今までにない情欲が湧き上がった。

気づけば、彼女のスカートの中に手を入れていて、『結婚した方々がやることでしょう?』と、たしなめられる始末だ。

——順番を間違えてしまった。

そう思い、彼女に求婚したが、あっさり拒絶されてしまう。リディだってローランに気のあるそぶりを見せていたのに、どういうことなのか。

ローランは、彼女が理解できず、困惑するしかなかった。

ひと月後に開かれたドワイヤン伯爵邸のガーデンパーティーに行っても、リディが出てこない。

ローランが、好きな女と会えるのか会えないのかと気を揉んでいるというのに、ある令嬢が告白してきた。ローランがドワイヤン伯爵家の令嬢に執心という噂はもう広まっているので、それを知ったうえでの行為だ。

腹立たしくて手紙を捨てたら、怪我の功名と言うべきか、リディが拾って差し出してくるではないか。

彼女は今も変わらなかった。

六歳のとき、ローランの嘘を咎めたように、心のこもった手紙を捨てることに抗議してきたのだ。

幼いころと違って、ローランが権力者であると知った今でもこう来るのかと、ローランは妙に感心したものだ。

リディと会うたびに、どんどん深みにはまっていく。諦めることなどできない。

ローランは実力行使とばかりに、ドワイヤン伯爵に、リディとの婚姻を申し込んだ。令嬢を持つ親なら、皆、ローランと結婚させたがるはずだ。

それなのに、対面した伯爵夫妻から、リディではなく姉のオフェリーにしてもらえないかと提案されて面食らった。

やはり、リディは伯爵家で虐待されているのではないかという疑念が頭をよぎり、リディではないとだめだと強く抗議したら、伯爵夫人が言いにくそうにこんなことを告げてくる。

リディは、毎月来るべきものが、たまにしか来ず、不妊の可能性が高い——と。

にわかに信じられず、もっといい医者に診せたらなんとかなるのではないかと問うたが、夫人もそう思っていろいろ試したが、どれも効果がなかったと言われる。

そのとき、ローランはようやく理解した。

再会したときの、あの全ての試合から下りたような諦め顔も、そして、ローランを好ましく思っているように見えるのに結婚は頑なに拒否することも——そういうことだったのだ。

だが、結婚の目的は彼女と子どもを作ることだったのかと自身に問えば、それは否である。

『公爵家が存続することよりも、リディとともに人生を歩むほうが私にとっては大事なことです』

ローランがきっぱりとそう告げると、リディの母が感動した面持ちで涙を浮かべた。

その表情を見てローランは、リディが親から愛されていることを確信し、妙に安堵したものだ。

これで一件落着と思っていたら、リディが予告もなしに、公爵邸にやって来て門前で凍えているというではないか。

リディが命を落とすようなことになったらどうなるのか。最悪の事態を想像しただけで、ローランは気が狂いそうになり、改めて自分は彼女なしでは生きていけないと自覚した。

駆けつけたら、リディはまだ温かく、ようやくローランは生きた心地がしたものだ。

相変わらず、彼女は大胆で驚かされる。

リディを幸せにしたい。

——リディ、君だけは生涯、守り抜く。

第六章　悪夢から逃れて

馬車がフォートレル公爵邸に着くと、リディは、なぜか自邸に戻ったように心が安らいだ。

――出かけた場所が王宮だったせいでしょうか。

このときリディは、この夜、ローランに異変が起こるなんて思ってもいなかった。

侍女たちにバスタブに浸けられたあと、リディが公爵夫人の寝室に入ると、ローランがベッドに腰かけて本を読んでいた。彼はもうガウン一枚になっている。

「こちらにいらっしゃったのですね？」

ローランが本を閉じて、リディに手を伸ばすことで、ベッドに来るよう伝えてきた。

「寝室が繋がっているからね」

リディもガウン一枚を羽織っただけで、下穿きを着用していない。恥ずかしく思いながら、隣に座ると、すぐさま彼が唇を重ねてくる。リディが驚きのあまり口を開けたら舌が侵入してきて、口内をなぶり尽くされた。そんな深いくちづけをしながら、彼は自身のガウンを脱ぎ捨てる。

唇が離れると、蠟燭の灯りが、彼の雄々しい裸体を浮かび上がらせていた。

兄ジェラルドが以前、自分は貴族にしては鍛練に勤しんでいてすごいと自慢していたが、彼の上官のほうがよほど躰を鍛えている。

美術館の彫像のような体躯だった。

見惚れているうちに、リディはガウンをあっけなく取り去られ、ぎゅっと抱きしめられた。筋肉はがっしりしているのに肌は滑らかで、とてつもなく気持ちいい。

彼もまたリディとの肌の触れ合いを愉しんでくれたのか、こんなことを言ってくる。

「裸はいい。全身でリディを感じられる。早く結婚して、毎日こんなふうに抱き合えたら……」

——そんなの、幸せすぎて死んでしまうかもしれません。

「私でよろしかったら……」


「君じゃないとだめなんだ」

ローランは、隣に座るリディをベッドに押し倒して横寝で向き合うと、彼女の首の下に腕を通して腕枕にした。こうすれば身長差がなくなり、顔がよく見える。

リディもそう思ってくれたのか、その大きな緑の瞳でじっと見つめてきた。いつもこうだ。ベッドに入ったとたん、彼女の眼差しは熱を孕む。

——まるで、私のことを愛しているみたいに。

だから、ローランはリディを抱かずにはいられない。

その小さな唇は、彼を誘うように半ば開かれていて、吸い寄せられるように彼は唇を重ねた。そのやわらかな唇に触れれば、蜜を滴らせた口内に舌を入れずにはいられない。

彼女の中を舌で舐め尽くしながら、ローランはリディの脚の間に片脚を差し込んだ。

その瞬間、彼女の全身がびくつく。

リディの脚はすべすべしていて、ローランが気持ちよく感じるのは当然のこととして、こんなふうに反応してくれるということは、彼女も多少は悦いと思ってくれているのだろうか。

試しにローランが、太ももに挟まれたほうの大腿を前後させたら、リディが気持ちよさそうに脚をすり合わせてきた。

「リディの脚、吸いつくようで……気持ちいい」

「私も……」

また、じっと見つめてきた。いつもは新緑のような瞳が、今は蠟燭の炎に照らされ淫靡に輝く。愛する女にこんな目を向けられて平静でいられるわけがない。

この瞳はいつもローランの情欲に火を点ける。

「……私の脚など、硬いだけだろう？」

「たくましくて……気持ちいいです」

リディが、ねだるように上目遣いで全身をくねらせる。

どこをどうすればリディが感じるのか、ローランはもうかなり把握していた。まず彼は、美しく張り出した乳房の頂点を、自由なほうの手で摘まんだ。

「ぁあん」

それだけで、リディは感極まったように目を瞑り、口を開けっ放しにした。

――こんな表情を向けられたら、すぐにでも入り込みたくなってしまうだろうが。

だが、挿入はまだ早い。リディの官能をもっと高めてからだ。

ローランは指の腹で乳首を捩ったり引っ張ったりした。少し強めにしたほうが、リディは感じる。

実際、リディが「ロ、ローラン……」と、脚をびくびくと痙攣させ、涙で潤んだ目を向けてきた。

――ぞくぞくする。

普段、感情をあまり顔に出さないリディが、ローランに抱かれたときだけ、淫らな表情を浮かべる。

彼女からこの表情を引き出したのは紛れもなくローランだ。

――そして、この表情を見ていいのは、未来永劫、私だけだ。

「どこも敏感で可愛いリディ。でも、一番弱いのはここだろう？」

ローランは大腿を外すと、蜜路に指を沈め、腹側にある一点をぐっと押し、小刻みに揺らす。

「ふ……ふぁん……ぁふ」

リディがシーツをぎゅっと掴んで、腰をくねらせている。

瞳は陶然と半ば閉じられ、開いた口から官能的な声が絶えず漏れ出ていた。

「リディ、もっと気持ちよくさせてあげるよ？」

ローランは指をもう一本増やす。中はもう蕩けるようで、容易く滑りこんだ。彼女の弱いところはもうわかっている。そこを二本の指で広げてやると同時に親指の腹で蜜芽を優しく撫でた。

「あっぁん……そこ、おかしく……だめぇ……ぁあ」

彼女が躰を左右に揺らしたことで、乳房が揺れる。その先端は彼の愛撫を待ちかねているように、ピンと立っていた。

それを目にした瞬間、彼の下腹が、ずんと重くなった。

腕枕をしているほうの手を胸まで伸ばし、尖った乳首を指先でつまんで引っ張り上げる。

「あっぁっぁあっ」

リディがぎゅっと目を瞑り、開けっ放しの口から滴りが零れる。下腹の奥では、さっきから彼の指をきゅうきゅうと締めつけていた。

――もう達きそうだな。

ローランが彼女の中から指をずるりと引きずり出すと、こぷりと蜜が零れ出す。その蜜を拭き取るかのように、彼は大腿を彼女の脚の付け根に押しつけ、前後させた。

すると、横寝になったリディが蕩けた瞳を彼に向け、しがみつくように彼の背に手を回してくる。

「あ……ぁあ……いぃ、です……ぃぁ」

その小さな手の感触は、ローランに大きな幸せをもたらしてくれた。

ローランは腕枕にしているほうの腕で彼女の頭を抱えるようにして引き寄せ、顔を近づける。そのふっくらした唇が食べたいぐらいに可愛くて、軽く噛(か)んだ。

「いいのは、私のほうだ……そうやってずっと私を離さないでくれ」

彼の胸板に押しつけられた胸のふくらみが、大腿がこすれるたびに上下に弾み、ローランにとてつもない快楽をもたらす。雄芯が張りつめていく。

「く……君はどこもかしこもやわらかい」

「あ……ぁあん……気持ち……いぃ……ふぁ……ぁあ」

彼の大腿の動きに合わせて、リディが無意識に腰を前後させてくる。

目の前にある喘ぐ口に、ローランは舌を差し入れて口内をまさぐった。

同時にいろんなところを攻められると弱いリディは、じっとしていられなくなったのか、大腿と竿(さお)をいっしょくたに両太ももで揉(も)み込(こ)むように動かしてくる。

あまりの強い快感に、ローランは唇を離す。

「……これ以上、我慢……無理だ」

猛ったものはすでに完全に勃ち上がっていて、ローランは呻(うめ)くようにそう告げた。

「我慢……しないで……く、ください」

愛しい女に息絶え絶えにこう乞われたら、もう限界だ。

次の瞬間、ローランは片方の大腿で彼女の片脚を掲げ、猛ったもので一気にリディを貫いた。

「ああ！」

いきなりだったというのに、リディはいつもより感じている様子で、背に回した片手に力をこめ、膣壁を雄根にぎゅうぎゅうとまとわりつかせている。

「リディ……そんなふうに……私をからめとって……動くぞ」

ローランはじっとしていられず、腰を退いては、ぐっと押しつける。

リディもその律動に合わせて腰を揺らしてくるものだから、性が昂るいっぽうだ。

黄金の天蓋から垂れるドレープの中は、肌と肌がぶつかる音と、そのたびに立つ淫猥な水音、そしてリディの口から絶えず漏れる喘ぎ声で満たされていた。

「あ……ふぁ……あん……ぁ……あぁ……んふ……」

――こんな幸せな合奏があるか？

そんな音の協奏に鼓膜を震わせていると、蜜壁がうねり出す。リディは果てる前に、いつもこうなるのだが、愛する女の中で強く抱きしめられ、気持ちよすぎて果てそうになるのが困りものだ。

「リディ……どんどんよくなっている……そろそろみたいだな」

リディを先に達かせようと、ローランは繋がったまま彼女を仰向けにし、乳頭を強く吸うことで、新たな快感を与える。

その瞬間、リディが無意識に、蜜壁で雄芯を強く締めつけたものだから、ローランは堪らず彼女の中で欲望をぶちまけた。

リディもまた同時に達したようだ。

「ともに逢けたね」

ローランはリディと繋がったまま、彼女をぎゅっと抱き寄せる。

――君は絶対に誰にも渡さない。絶対に、だ。


十一歳のころローランは、ダークブラウンの長毛の仔猫、ニコルを飼っていた。

すごく可愛がっていたのに、ニコルがある日、急にいなくなってしまう。

ローランは何日も泣きながら捜したが、見つからない。衛兵に聞いても誰も知らないと言う。そんなことがありえるだろうか。

そのとき、ヴィクトルがやって来て、不満そうにこう言ってきた。

『ここのところずっと何を捜しているんだ？　おまえだって王子なんだぞ。泣きながらうろうろするなんて見っともない』

彼の不興を買うと碌なことにならないことは身をもって知っていたので、ローランは、まずは謝る。

『申し訳ありません。仔猫のニコルを見ませんでしたか？　あの、こげ茶の、まだ手に乗るぐらいの小さな猫です』

『猫？　知らないな。だが、そうか。おまえ、そんなにあの猫のことを気に入っていたのか』

そう言ったときのヴィクトルの顔が忘れられない。人の苦しみを喜ぶような、嘲笑うような嗜虐的な笑みだった。

そのとき直観した。

彼がニコルを奪ったのだ、と――。

だが、なんの証拠もないので、ローランは抗議することすらできない。いや、証拠があっても抗議しなかっただろう。

ヴィクトルは、有力侯爵家出身の王妃から生まれた王太子で、対するローランは、子爵家出身の側妃である母を亡くした、なんの力もない王子なのだから。

ローランにできることといったら、ニコルが生きて幸せでいることを祈ることぐらいだ。ローランは自身の非力さを呪った。

――猫一匹、守れないなんて！

それから一年後、王宮の庭で、王太子ヴィクトルの十五歳の誕生パーティーが開かれたときのことだ。十三歳の誕生日から、子どもたちを招いてのパーティーが開かれるようになっていた。男女比率に偏りがあり、女子のほうが圧倒的に多いのは偶然ではない。

王妃は、今のうちに彼がどんな女児を気に入るのか、どこの家の女児が見目麗しいのかを見極めようとしていた。その焦りは、彼女が産んだ子が男子ひとりのみだったことからくる。

もしヴィクトルに男子が生まれなかったら、憎き側妃の息子、ローランのほうに王統が移ってしまうのだ。

つまり、ローランは本来、招かれざる客だった。ただ、第二王子をないがしろにすると外聞が悪いので招待されているだけだ。

ローランと仲良くした女児は王妃に嫌われて翌年から呼ばれなくなるので、妃候補を選抜するうえで、ローランはある意味役に立っていたともいえる。

とはいえ、呼ばれなくなることは女子の家にとっては不名誉なことなので、二回目の誕生パーティーのときから、ローランは女子となるべく接触しないよう、中庭のメイン会場には近づかないようにしていた。

それで、庭の外れをぶらぶらしていて気づいたのだが、この日は珍しく、王太子専用の庭が開放されていた。

翌年の誕生パーティーのときは施錠されていたので、この年は、衛兵か侍従が誤って開錠してしまったのだろう。

ローランは好奇心で、王太子の庭に入り込む。そこには小さな船を浮かべた池や、装飾の美しいブランコがあった。

そのとき、消え入るような猫の鳴き声が聞こえて見上げると、ガラス窓越しに猫がいて、ローランのほうを向いて、窓を引っかくように手を上下させている。ダークブラウンの長毛猫で、顔の中心だけ白くて、目は緑——。

まぎれもなくニコルだ。

――ニコル、一年経ったのに、わかるのか？　私が。

ニコルは生きていた。

行方知れずの猫が生きていた。ローランの瞳に涙が滲んだが、それは決して口惜しさからではなく、喜びだった――。

ここまで捜しても見つからないということは、王宮の外に捨てられて死んだのではないかと思っていたからだ。

――今さら取り返そうとしても揉めるだけだ。

毛並みがいいので、いい暮らしをさせてもらっているのは確かだ。ヴィクトルに気に入られているのだろう。ローランが下手に返還を求めて、危害を加えられるようなことになっては本末転倒だ。

ニコルが元気なら、それでいい。

そのとき、窓の向こうで鳴いていたニコルが見る間に大きくなり、やがて令嬢へと姿を変える。ニコルと同じダークブラウンの髪に、緑の瞳――。

『リディ、どうしてそんなところに⁉』

そう叫んだとき、ローランの躰は大人になっていた。

すると、リディの背後に大人のヴィクトルが現れ、彼女を抱きしめる。

リディが、助けを乞うように、こちらに顔を向けてきた。

そのとき、ローランは気づいた。

愛猫と愛する女は全く異なる。

リディの場合、彼女が生きているだけで安堵することなどありえない。衣食住が満ち足りても、人間はそれだけでは幸せになれないし、女性の場合、撫でて可愛がられるだけでは終わらない。犯されてしまう。

何より、ローランが、リディとともに生きられないことに耐えられそうになかった。そんな人生、想像しただけでぞっとする。

——今すぐ、取り返す！

中に入ろうと、庭に面した窓をローランが蹴破ると、ガラスの破砕音に続けて、二階にいるリディの声が聞こえてくる。

「ローラン、ローラン？」

なぜか問いかけるような声だった。

階段を上ると、その声がどんどん大きくなっていく。

まるでそばにいるみたいに——。

そのとき突如として、目の前に、心配そうなリディの顔が現れた。

気づけば、ガウンを羽織ったリディが心配そうに彼を見下ろしている。ローランはベッドで横になっていた。

「ローラン、大丈夫ですか？　うなされていました。何か悪い夢でもご覧になったのではありませんか？」

――兄に取られていなかった……。

「君がいてくれて、よかった」

ローランは、ベッドに座るリディの膝に頬をつけ、彼女の腰を抱きしめる。それは、しがみついているというと言ったほうが正しいかもしれない。

――私は恐れているのか。ニコルのように、リディが攫われるのを。

「ローラン、こういうこと、よくおありなのですか？」

「ああ。王宮に行った日は……たまに」

――恰好悪いな。

こんな弱々しいローランを見るのは初めてで、リディは、どうしたらいいのかわからない。

彼はいつも余裕があって、なんでもできて、しかも地位も高く――自分とは違うと思っていた。

――いいえ。本当は私もわかっていたはずです。

ローランは、王宮舞踏会で口もとに笑みを浮かべながらも、心の中は沈んでいた。

そんな彼が、寂しげに『いつになったら私は、君の愛する男になれるんだろうな？』とまで言ってくれたのに、リディは愛の告白で返せなかった。

全て劣等感のせいだ。

いずれ自分は捨てられるだろうから、そのときに傷つかないように、逃げよう、逃げようとしていた。

それは結局、自分の心を守りたいという保身にすぎない。

彼がリディを求め、愛を乞うているのだから、それを失うことばかり怖れず、たとえ一時しか愛されないとしても、好きな人の気持ちを受けとめたらよかったのだ。

リディは、自身の膝を枕にしている彼の頭を撫でた。

――あなたの心が少しでも穏やかになりますように。

「私、ローランのこと、お慕いしております」

すると、彼が頭を持ち上げ、リディに視線を合わせてくる。

「同情か？」

と、しらけたように言うと、リディの膝から離れて仰向けになった。

リディはそんな彼を追うように、たくましい裸身にしなだれかかる。

「愛情……です」

呆気に取られているローランの唇を、リディが塞いだ。いつも彼がしてくれるように舌を口内に差し入れると、彼も舌を出してきて、しばらく、くちゅくちゅとお互い夢中で舌をからめ合わせる。

唇が離れたとき、ふたりの間を糸のような蜜が繋いでいたが、リディが上体を起こしたことであえなく途切れた。

ローランが愛おしそうに、リディの胸までかかった髪の毛を手櫛(くし)で梳(す)いてくる。

「君からなんて、珍しい……いや、初めてだ」

リディは、腹筋に手を突いて身を前に乗り出す。彼の腰に跨(また)がっているような体勢になった。

「おいや……ですか？」

彼が、髪を梳く手を止め、彼女のガウンを左右に引っ張って開(はだ)けさせると、乳房の双つの頂を指先で軽く押してきた。そこはすでに敏感になっていて、少し触れただけでとてつもない快感が生まれた。

「あ……はぁ……」

リディは、首を仰け反らせて吐息のような声を漏らしてしまう。

「うれしいよ。だが、こんなことをされたら、私が止まらなくなりそうだ……」

彼が何かに耐えるように片目を細めた。

雄根が、彼の腰に跨るリディの腹部に寄り添うように反り上がっている。

「止めないで……ローランの全て……ください」

リディは、男根をそっと包み込んでゆっくりと上下に撫でてみる。彼に秘所をいじられるたびに、とてつもなく気持ちよくなるので、そのお返しだ。

——男の人も、同じではないでしょうか。

「……っ」

ローランが、眉間に皺を寄せて声にならない声を漏らした。一見、苦悶(くもん)しているようだが、リディにはわかる。これは気持ちよすぎるときの表情だ。

彼女は思い切って腰を上げて膝立ちになり、彼の切っ先を自身の秘裂へとあてがう。

「全く君はときどき大胆で……驚かされる」

「ローラン、常識は破るためにあると教えてくれたのは、あなたよ？」

「あぁ。どんどん破ってくれ」

ローランが満足げに口角を上げたので、リディはうれしくなって腰を下ろす。だが、秘所が濡れそぼっているものだから、つるりと滑って外れてしまった。

――私ったら、もうこんなに濡らして……恥ずかしいです。

「ちょっと待っていてくださいね」

リディが滾った性を優しく掴むと、ローランに呻くようにこう言われる。

「可愛い手に包まれて、もぞもぞされると……じっとしていられそうに、ない」

言い終えるかどうかというちに、彼がリディの腰を掴んで宙に浮かせ、亀頭を浅瀬に食い込ませた。そのまま、ずんと腰まで下ろされる。最奥まで抉られ、ぐちゅりと水音が立った。

リディは「ああ！」と叫び、背を弓なりにして小さく震える。

「そんなに締めつけて……」

ローランが双眸を細めて苦しげに言い放つと、双つの乳首を同時に指でつまみ、引っ張り、弄んでくる。

これをされると、リディは気持ちよすぎてじっとしていられなくなる。

「あ……ふぁ……あぁ……」

リディはゆっくりと腰を前後に動かした。

「く……君から動いてくれるのも……いいな」

呻くように言い、ローランは彼女の乳房を下から持ち上げるようにゆっくりと揉みしだく。

「ふぁ……あん」

リディは規則正しく前後に動いていられなくなり、気づけば秘所を押しつけるように腰をくねらせていた。彼に突き上げられるときのような強い刺激はないものの、じんわりと深い快感が広がっていく。

「これ……気持ちいぃ……で、す……。ローラン……も?」

「あぁ。私も……すごく……気持ちいい」

ローランが感じ入るように目を瞑った
「よかったです。ローラン、好き……好きです。ローランと、これをするのも……好き」

「初めて好きって言ってくれたな。私なんか、このままずっと君の中に入り込んでいられたら……と、いつも思っているぐらいだ」

そう言って、片方の手を胸から離して、蜜芽をくりくりと優しくさすってくる。

「あっ……ぁあん」

余裕がなくなってきたリディは、剛直で自身の中を掻き回すように腰を動かしていた。

「……これ、気持ちいぃ。でも、ローラン、ローランとだけ……ローランじゃなきゃ……いや」

「私だってそうだ」

彼がリディの律動に合わせて、腰を突き上げてくる。

「あぁ！」

リディが小さく叫んで、髪の毛が宙を舞う。

「君との性交（これ）は天にも昇るようだが、ほかの女とはごめんだ。だから、愛していると言ったんだ」

ローランが彼女に自身を刻み込むかのように、小刻みに腰を押し上げてくる。

リディは力なく、がくがくと躰全体を上下に揺らした。頭の天辺（てっぺん）まで愉悦が突き抜けるような感覚の中、なんとか声を絞り出す。

「私も同じ……なら、私も、愛しているって、言っていい……ですか？」

「そんなの当然だ……言ってくれ」

ローランが上体を起こしてリディを抱きしめてきた。

「なら……わ、私……ローランのこと……愛しています」

「リディ……やっとか……」

ローランが噛みつくようにくちづけてきて、舌をぐちゅぐちゅとからめ合う。リディの腹の奥では彼の欲望がいよいよ張りつめていっていた。

ふたりはもう、ひとつの塊（かたまり）だ。

彼が唇を離し、繋がったまま、リディを押し倒してきたものだから、リディの太ももは左右に広げられた状態になる。

普段なら恥ずかしがるところだが、リディはもう大きな繭の中で、彼と溶け合っているような感覚に酔いしれ、自らを失っていた。

ローランはリディの左右に手を突いて腰をぶつけ、激しく抜き差しを繰り返す。

すると、彼女が脚を背に回して抱きしめてきた。

リディに愛されている――そんな悦(よろこ)びの中、ローランは愛する女の中で吐精した。

ローランは彼女の左右に手を突き、はあはあと息を整えながら竿を抜く。

リディの中から、とろりと白濁が零れ出た。子種とは言い得て妙で、子作りは畑に種を蒔(ま)くことに例えられることがままある。

見下ろせば、リディは幸せそうに目を閉じていて、ローランの心の中に温かいものが広がっていく。

――これ以上、何を求める?

種を蒔いても実が生(な)らない畑ならば、愛という名の花を咲かせればいい――。

リディが朝起きると、公爵夫人用の寝室のベッドで、裸のローランに抱きしめられていた。

幸せな気持ちで、心も躰もじんわりと温かくなっていく。

「ローラン……おはようございます」

「リディ、おはよう」

リディは彼の頬に頬を寄せた。

「嘘みたいよ。こんなことが私に訪れるなんて」

すると彼の躰が小さく揺れる。

リディが彼の顔を覗きこむと、ローランが困ったように笑っていた。

「君は極端だな。昨日までは逃げ腰だったのに」

「愛しているって言ったら……心も近くなったみたい」

自ずとそんな言葉が口を衝き、ローランに唖然とされて、急に恥ずかしくなる。

「……これって私だけ？」

ローランがぎゅっと抱きしめてくる。

「私もだ」

「あと、躰がくっつくと、心がもっと近づくような気がするの」

——ほかの人には見せないような表情を私にだけ見せてくれるから……。

彼が、顔だけ少し離して、ちゅっと弾けるようなキスをしてきた。

「早く結婚して毎日くっついて、もっともっと心を近づけよう」

「ローラン……」

リディも彼の背に手を回して抱きしめ返す。

ようやく自分の居場所を見つけたような気がして、リディの頬にはいつしか涙が伝っていた。


お昼ごろ、リディが自邸に戻ると、両親がエントランスで待ち構えていた。

母が感激の面持ちでこう言ってくる。

「リディったら、すっごくきれいになって……不覚にも、公爵閣下とお似合いって思ってしまったぐらいよ」

一瞬、褒められたが、すぐに落とされた気がする。

――不覚ってどういうことでしょう。

少し失礼な気もするが、相手があの公爵なのだから、仕方ない。娘の幸福を喜んでいるのは確かなので「ありがとうございます」とだけ答えた。

父が、うんうんと、同意の頷き(うなず)をしている。

「あの広間で、リディが最も輝いていたよ」

すると、おどろおどろしい声が向こうから聞こえてくる。

「あらぁ。リディの輝きで、私は影になっちゃったのかしらぁ」

回廊に、オフェリーが現れ、両親が慌て出す。

今まで社交界のことで褒めそやされるのは専らオフェリーのほうだったのだ。

母がオフェリーを諭すように言った。

「オフェリーはもともと、王宮舞踏会の花なのだから言わずもがなでしょう?」

父も加勢する。

「そうだ。オフェリーだって国王陛下、公爵閣下おふたりと踊ったじゃないか」

「そうね。こうなったら、私、国王陛下を狙っちゃおうかしら」

リディはぎょっとする。

姉は、国王の、あの残酷なところに気づいていないのだろうか。だが、それよりも問題なのは側妃の数だ。あれでは、子を産むための道具ではないか。

「お姉様、それ本気ですの? 国王陛下は、王妃陛下がいらっしゃるのに側妃を持たれて……」

「それを言うと、公爵閣下のお立場も否定することになるよ、リディ」

ぴしゃっと、父にたしなめられた。

ローランは側妃の息子である。

こういう不用意な発言をしてしまうところが、つくづく社交界に向いていない。

「ですが……側妃を三人も持たれるなんて……王妃陛下がお可哀そうです」

「あら、リディ、つまり、自分の婚約者のほうが国王陛下よりずっといいって言いたいわけ？」

「そんなつもりではなくて……お姉様ただおひとりを愛してくださる方のほうがいいかと……」

自分が愛を語るなんておこがましくて、最後は消え入るような声になってしまった。

そのやり取りにジェラルドが割って入る。

「まあまあ。人それぞれさ。俺なんて自分を好きな令嬢は、みーんな大好きだから！」

ジェラルドは、母とオフェリーから同時に冷ややかな眼差しを向けられ、黙り込んだ。

オフェリーがぽつりとつぶやく。

「また本のタイトルが思い浮かんだわ。『公爵と婚約する妹が、国王にまで気に入られるなんて聞いてない』よ」

「こ、国王陛下は、弟の婚約者とダンスされただけでしょう？」

困惑するリディに、オフェリーがこんな言葉を投げかけてきた。

「そう思っているのは、リディだけかもしれなくってよ？」

「そんなことはないです。国王陛下は、私よりお姉様のほうが優れているというお話をされていらっしゃいました」

「え？　あら？　そうなの」

オフェリーが両手で頬を覆う。

「そうです。なぜ、公爵閣下が選んだのが私なのかがわからないと、首を傾げておられました」

「まあ。そう。さすが陛下ね」

姉はもう機嫌を直していた。

ドワイヤン伯爵家は皆、わかりやすくていい家族だと、リディは改めて思うのだった。


結婚式の準備があるとはいえ、王宮舞踏会での婚約披露が終わり、今までのように毎日、公爵邸に通う必要がなくなったので、リディは王立図書館に行くことにする。

前々から、花言葉について調べたいと思っていたのだ。

馬車に乗って図書館に出かけるときでさえも、ローランが派遣した騎馬兵が前後についてくるのには辟易(へきえき)したが、図書館の中では、さすがにひとりにしてもらえたので、ひと息つくことができた。

この図書館は王立なだけあって、国中で最も大きく、歌劇場(オペラハウス)のように美しい。中央は吹き抜けになっていて、天井には色とりどりのステンドグラスがはめてあり、そこから光が降り注ぐ。その周りを、ボックス席のように何層もの書架が取り囲んでいた。

植物関係の書物が並ぶ本棚に行くと、すぐに花言葉の本が見つかった。リディは数冊、手に取って一階に降り、テーブルに着く。

ふと窓のほうに目を向けると、そんなに遠くないところに王宮の黄金の屋根が見える。

――あんなところで踊っていたなんて、今でも夢のようです。

舞踏広間で、冷ややかな笑みを浮かべる国王ヴィクトルの背後に散ったスイセンの花が頭に浮かび、本を開いてスイセンを探す。

――スイセン……スイセンは、自己愛、自惚れ……。

やはり、花は人となりを表している。

ヴィクトルは、他人への思いやりなど少しも持たない人物だ。なるべく接触を避けたい。

そう決意して顔を上げると、目の前にヴィクトルがいたものだから、悲鳴を上げそうになった。彼はリディと同じ木製の丸テーブルに着いている。

国王が王宮の外に出るなんて、軽々しくできるようなことではない。

――おしのびにしても、お出になられるときは厳重な警護が必要になるのではないでしょうか。

周りを見渡したが、ヴィクトルしかいなかった。

「リディは本を読むのが好きなの？」

たまたま会った、ただの友達のように問いかけられ、リディは戸惑いながらも答える。

「これは本というほどのものでは……花の絵と紹介文が載っているだけです」

「へえ。花が好きなんだ？」

――花言葉を知りたかっただけなのですが……。

どうしてそんなことを知りたいのか深追いされたら面倒だ。

リディは、特訓で身に着けた笑みを浮かべる。

「ええ。花は好きですわ」

「ここの図書館の庭は花がきれいだ。散歩でもしないか?」

――すっごく、したくないです!

そもそも、そんなことをしたら噂になって、姉がまた書きもしない本のタイトルでリディを批判してくるに違いない。

だが、相手は国王である。

――接触しないようにと決意したばかりなのに、どうしてこんなことになっているのでしょう。

結局、リディは花言葉の本を一ページしか読まないまま、ヴィクトルに庭に連れていかれる。

――コーンフラワーから調べればよかったです。

「オフェリーから聞いたよ。こんなふうに君はローランと知り合ったんだって?」

「こんなふうに……ですか?」

ヴィクトルが、リディの呑み込みの悪さに苛立ったように目を眇め、こう言い直した。

「ドワイヤン伯爵邸で、ローランが庭に連れ出したんだろう?」

「あ、あの日は、ガーデンパーティーだったものですから」

「だからといって、邸に引きこもる君を連れ出すなんて、もともと狙っていたとしか思えないんだよね」

ヴィクトルが何を言いたいのかよくわからないまま、リディはこう応じる。

「私が虐待されているという噂が立っていたので、それを確かめるためだったと思われます」

「ローランがその目で確認する必要、ある？　君を連れ出してくるように君の兄に命じたんだろう？　どこで君を見初めたっていうんだ？」

最近、忘れていたが、この疑問はリディが当初抱いたものだ――。

「いえ……特には……。見も知らない私の虐待を心配してくださるなんて……親切な御方だと思っておりました」

「ふぅん」と、ヴィクトルが新しい獲物でも見つけたような目でリディを見て笑った。

背筋が凍りついたが、リディは極力それを隠して笑顔で返す。

そのときヴィクトルが、ちらっと馬車の停車場のほうを見てから、「今日はここまでにしておくよ」と言って、あっけなく去っていった。

緊張が解け、リディはへなへなと座り込みそうになったが、いつも警護してくれている衛兵のディオンが停車場のほうから現れたので、背筋を正した。

――ローランの部下の前では、しっかりしないといけません。

彼が人目を気にしてか、小声でこう言ってくる。

「リディ様、どうしてまた、国王陛下と同行されたのです？」

「散歩に誘われて……国王陛下ともなるとお断りするわけにもいかないでしょう？」

今思えば、衛兵の存在に気づいて、ヴィクトルは去っていったのだろうか。

「それもそうですが……国王陛下と接触があったら、すぐに公爵邸にお連れするよう、元帥閣下から指示を受けております」

「私は図書館に出かけただけよ？　親が心配するわ」

「親御様でしたら、私どもがドワイヤン伯爵にご報告いたしますので、ご安心ください」

有無を言わせぬ軍人の威圧に負けて、リディは結局、そのまま公爵邸に連れていかれる。とはいえ、ローランがここにいるわけではない。

毎日のように公爵邸で過ごしていたので、着るものなどには事欠かないが、こんなことなら花言葉の本を借りてくればよかった。

——いえ、こんな時間があれば、農地管理の引継ぎ資料だって作れたはずです。

そんな不満で頭をいっぱいにしていると、外から蹄（ひづめ）と車輪の音が聞こえてきた。

——ローラン！

窓から見下ろすと、ローランの馬車が門からエントランスに向けて走っている。彼の帰宅はいつも夜なので、こんなにすぐ会えるとは思ってもいなかった。

もうすぐ、会える——それだけで心が高揚している自分に驚いてしまう。

——さっきまで、くさくさしていたのに、私ったら……。

リディは早く会いたくて、階下に降り、エントランスへと出る。

すると車回しに馬車が停まり、軍服姿のローランが現れた。その瞬間、世界がきらきらと輝き出す。

彼はリディの手を取るなり、詰問調でこう言ってくる。

「どうして図書館に？」

「花言葉を調べたかったものですから」

「公爵邸にも図書館はある」

彼の話し方はぶっきらぼうで、リディに会えた喜びなどは微塵も感じられなかった。

――お仕事の邪魔をしてしまったということでしょうか。

だが、リディは図書館に行っただけだ。そこに国王が現れるなんて誰が予想できただろう。

「そうですか……今度拝見させてください」

「拝見？　この邸はもう君のものだ。どこでも好きに見たらいい」

片手を繋いだまま、ローランが歩き出す。

そのまま、どちらも言葉を発することなく歩いていたが、彼の居室に入ると、人払いをされ、最も奥にある寝室に連れていかれる。

ここだと、話を人に聞かれないと思ってのことだろう。

壁際にある長椅子に、ふたり並んで座るなり、ローランがリディの両手を両手で包み、顔を近づけてきた。

「外は危険だ。できるだけ伯爵邸にいてくれ」

「……邸に引きこもっていた私を社交界に連れ出したのはローランです」

「外出の話をしているんだ」

「私が引きこもっていたのは社交界から、であって、私はもともと、図書館どころか農村にだって出かけていて……自由でした」

「わかっている。いずれ伯爵領にも出かけたらいい。だが、しばらく我慢してほしいんだ」

しばらくしたら何か変わるとでも言うのだろうか。

だが、彼にぎゅっと手を握られ、切なそうに言われたら、もうリディは反論できない。

「ローランは……ずるいです」

「ずるくない。本当のところは、一日中、君といたいのに、ちゃんと仕事に出かけているし、結婚までは同居だって我慢しているぐらいだ」

『一日中、君といたい』

艶（つや）やかな低音の声が、リディの頭の中で何度も響き渡る。

我ながら単純すぎて呆（あき）れる。

──私も結局、単純一族ドワイヤン伯爵家の一員ということでしょうか。

「あの、私、お仕事の邪魔をしてしまったのでしょうか？」

「君が国王とデートをしていたなんて聞いたら、冷静に仕事なんかできないよ」

「デートだなんて……図書館の庭を歩いただけで……」

「この可愛い口が、そんな言い訳をするなんて、けしからんな」

彼が顔を傾け、唇を重ねてきた。

――どんな理由であれ、やっぱり寝室に入ったら、こうなってしまうみたいです。

結局そのまま、ふたりだけの甘い夜を過ごすことになる。

その後、国王が接触してくることもなく、ふたりの結婚準備は順調に進み、無事、結婚式のリハーサルを終えた。

陽の化身たちが引き払ったあと、リディは普段着のドレスに着替え、ローランとお茶を楽しむ。

「あと、ひと月でローランと結婚なんて、信じられません」

「私からしたら、やっとだ。一日千秋の思いだったよ？」

そう言って、向かいに座るローランが切なげな眼差しを向けてくる。

こんな眼差しを向けられただけで、リディは顔を熱くしてしまう。

「ローラン……」

見つめ合うだけの甘い時間が流れたあと、ローランが意外なことを言い出した。

「明後日から半月ほど王都を離れる。戻ったらすぐ結婚だ」

「半月も？　どちらへ行かれるのです？　……でも、軍事機密でしたら、おっしゃらないで結構です」

ここでの会話は誰にも聞かれないはずだが、リディは念のためそう告げた。

「君は口が固いから問題ない。ボスフェルト王国との国境の町だ」

「ボスフェルト王国といえば、王妃陛下のご出身国ですよね？」

――塔の上に、ずっと軟禁されていると聞いたことがあります。

つまりローランも、王妃の処遇を見て見ぬふりをしているということだ。

「そうだ。ヘンリエタの父親はボスフェルト王国の国王だから、ヘンリエタがないがしろにされていることに大層お怒りで、ここ四年もの間、両国は一触即発の状況にある」

なんだか、ヘンリエタという名前の呼び方に親しみを感じてしまう。こんなことを考えるなんて、リディがまるで嫉妬しているみたいだ。

――ローランの嫉妬をおかしいと思っていたのに……私も人のことを言えません。

だが、それよりローランの身が心配である。

「戦いになってローランが危険にさらされる、なんていうことはありませんよね？」

彼が、テーブルの上に置かれたリディの手に、手を重ねてきた。

「それはない。いつも、お互い武力をちらつかせつつ牽制（けんせい）し合って終わるんだ。今回はそれだけでなく、どうにか交渉へと結びつけたい」

花がひとつも散らなかったので、リディは安心した。

「王妃陛下をお助けしたいのですか」

「ああ。それもある」

「国王陛下はたくさん側妃を持たれているのに、なぜ、王妃陛下を解放してさしあげないのでしょうか」

「それは……やはり彼は、私と違って、王妃から生まれた王太子だから……王妃との間に嫡子が欲しいのだろう。側妃はあくまで保険みたいなものだ」

ということは軟禁されているのに、王妃はいまだに関係を持たされているということだ。つまり、自分を蔑ろにした好きでもない男に、子を産むことだけ求められている——。

リディは、国王のあの酷薄な笑みを思い出して背筋を寒くした。

「私が留守の間、伯爵邸から出てはいけないよ。衛兵も多くつける。だが、いざというときはポーシャール男爵家のエドモンを頼りなさい」

そう言って彼が渡してきたのは、男爵家の場所がわかる手書きの地図で、まるで何かが起こることを予想しているかのようだ。

リディは受け取った地図に目を落として尋ねる。

「エドモン様は……どういう御方なのです？」

「十歳ぐらいからの付き合いなんだ。男爵家の次男で、家の力が弱いのに有能なので、私はすごく買っていて、まだ二十代後半だが少佐にまで昇進させている」

「それは頼りになる存在ですわね」


そんなわけで、ローランが遠征に出てしまい、リディは、彼と出会う前のような生活に戻った。自分の書斎で、猫のエスポアに邪魔されながら引継ぎ用資料の作成に勤しむ。

なるべく没頭して、ほかのことを考えないようにしているリディだが、つい彼のことを思い出しては手を止めてしまう。

『こんなに自分の意志のある女性はなかなかいない』

『……好きになって……くれないか？』

『ずっと君の中に入り込んでいられたら……』

彼がくれた言葉を思い出しては甘い気持ちになり、そのたびに、王都に彼がいない、そんな当たり前のことが泣きたくなるくらい辛くなる。

——ローランと出逢う前の自分には戻れそうにありません。

リディは頭をぶんぶんと横に振る。

だからこそ、会えない今のうちに、引継ぎ資料を作成し終わらないと。

そして彼が戻ってきたら、公爵邸に居座って前よりもっともっと彼に甘えて、くっつこう。

ローランが戻ることを糧にして、資料作りに没頭していたリディだったが、彼が王都を発ってから一週間ほど経ったころだろうか。

リディが裏庭でしゃがんで、紐の先に鳥の羽根がついたおもちゃを使って猫のエスポアと遊んでいたときのことだ。

「へえ。君も猫を飼っているんだね？」

——君も？

リディが顔を上げると、そこには国王ヴィクトルが立っていた。

――今日、うちの邸では何も催されていないはずですが……。

ローランが伯爵邸から出ないようにと念押ししたのは、ヴィクトルとの接触を避けるためだ。

――でも、私の邸に国王陛下が現れたときは、どうしたらいいのでしょう。

リディは立ち上がり、腰の位置を少し落とす正式な辞儀をした。

「国王陛下、どうしてまたこんなところにいらっしゃるのです？」

「オフェリーを訪ねたら不在だったので、待っている間、暇だから庭を散策していたんだよ」

その瞬間、スイセンの花が散った。

――もともと狙いは私だったということ？

リディにつけられた衛兵はエントランス近くの部屋に常駐(じょうちゅう)しているので、国王が訪問したら気づいてくれるはずだ。

周りを見ても、彼らの気配がないということは――オフェリーを訪ねたということ自体が嘘の可能性がある。

つまり、彼は正門からではなく、秘密裡(ひみつり)にドワイヤン伯爵邸に潜入した。

――一体、なんのために？

「それは申し訳ございませんでした。姉は社交的なので、私のようにずっと家でじっとしていないのです。事前にお約束なさっていただければ、こんな失礼なことにはならなかったかと存じます」

ヴィクトルが、そんなことどうでもいいとばかりに不遜な目つきで見てきた。

「あの図書館で会った日、ローランは仕事を放り出して邸に戻ったようだな」

やはり、ローランは国王に監視されている。リディと散歩しているところをわざと護衛に見せて、その後のローランの行動を探ったのだ。

ヴィクトルが、リディの反応を見ている。

――リディ、考えるのよ。彼の意図がどこにあるのかを。

ヴィクトルは、ローラン不在の今を狙ってリディに会いにきた。これを、ローランがいやがることだとわかったうえでやっている。ヴィクトルの標的はあくまで〝ローランの愛する女〟なのである。

――それなら、私が愛される女でなくなればいい。

「偶然ではありませんこと？　ローラン様は、私になど興味はございません」

「へえ。自覚あったんだ？」

――どういうこと？

リディは〝ローランの愛する女〟ではないと言いたいのだろうか。なら、話を合わせたほうがいい。

「え、ええ。やはり陛下もご存じでいらっしゃいましたか」

それならそれで、リディへの興味を失ってもらえる好機（チャンス）だ。

「ああ。昔からローランは私に忠実なんだ」

この話の流れで、なぜローランの忠実さが出てくるのか。

ヴィクトルが、かたわらの白い石彫刻のベンチに腰を下ろし、座面の隣部分をぽんぽんと叩（たた）いた。

「君も座ったら？」

「私、猫がいるので、こちらで十分です」

リディは立ったまま、羽根のついた紐を動かす。エスポアがダンスするように、その羽根を前脚でパンチしていた。

それを見ながら、ヴィクトルが語り始める。

「ローランも子どものころ、こういう長毛の猫を飼っていてね。すごく見せびらかすものだから、取り上げたんだよ」

リディはぎょっとした。

以前、リディがローランに『猫みたいだな』と言われ、猫を飼っていたことがあるのかと聞いたら、『小さいときにね』とだけ言って、話題を変えられたことがある。

「それで……どうなさったんですか？」

――まさか、殺したりしていないわよね？

祈るような気持ちで耳を傾けたら、彼があっさりこう言ってくる。

「猫って飼い主にこだわらないのか、余のことを気に入ったのか、懐いてきてね。だから、可愛がってやったんだ」

「そ、そうですか。相性がよかったようで何よりです」

リディはひとまず、胸を撫でおろした。

「で、ローランは私が怖いのか、未だに返してほしいって言ってこないんだ。私が今も猫を飼っていることは噂で知っているはずなんだけどね」

ヴィクトルの目が据わった。

「そ、それは陛下が可愛がってくださっているからではないでしょうか」

「ローランを余の居室に入れたことはないし、可愛がっているところなど一度も見せたこともない。ただ、十何年か前、わざと王太子専用の庭の鍵を開けておいたことがあるんだ。そのとき、余が猫を奪ったことがわかったはずなのに、何も言ってこなかったんだよ？」

そう言ってこれ見よがしに、リディを見つめてくる。

だんだん、彼が何を言いたいのかわかってきた。

だが、リディは猫ではない。

猫と人間の女が同じなんて論法を繰り広げられては困る。

「……それで、ローラン様が陛下に忠実だと思われたのですね？」

「そう。そして、今もローランは忠実なんだとわかってね」

彼のいやらしい視線が、リディに纏わりついてきて身の毛がよだつ。

どうしてわかったのかと問うてほしいのだろうが、リディは彼の想い通りになりたくなくて、「ニャア」と猫の鳴き声を真似て、羽根を宙に浮かせた。エスポアが跳び上がって捕まえようとする。

何も聞いていないのに、ヴィクトルが話を続けた。

「どのくらい忠実かというと、私に男子が生まれないものだから、遠慮して誰とも結婚しなかったぐらいなんだ」

ならば、リディとの婚約は裏切りである。それなのに、なぜ今も忠実と言うのだろう。

——聞きたくない、問いたくない！

だが、ヴィクトルは話し続ける。

「そのローランが君と婚約するって言うから、少し裏切られたような気になったんだけど、結婚相手がどういう女なのか知って、やっと腑に落ちたんだ」

どういう意味だろうか。

——公爵夫人として見劣りするということか。

「だって、君からは継嗣が生まれないだろう？」

リディはその瞬間、目の前が真っ暗になった。

——どうしてそのことを……？

ローランはその忠義とやらを示すために、妻が不妊であると伝えたうえで、国王から結婚の許可を取り付けたのだろうか。

——待って。なぜ今、私、落ち込んでいるの？

不妊がローランの役に立ったなら、よかったではないか。

それなのに、今、リディが泣きたいような気持ちになっているのは、なぜだろう。

ローランが、リディとの結婚を決めたのは、好きになった女性が不妊だと知って『子どもが生まれなくても結婚したい』ではなく、リディとなら『子どもが生まれない』からだったからなのだろうか。

――そうだとしたら、出会う前にどうやって私が不妊だとわかったというの？

ヴィクトルが勝ち誇った顔をしているような気がして、リディはエスポアを見下ろしたまま、顔を上げることができなかった。

「……つまり、余がおまえに手を出しても、ばれないということだ」

「えっ？」

リディは、あまりの驚きに礼儀作法など忘れて、素っ頓狂な声を出し、呆然とヴィクトルを見つめた。

彼がにじり寄ってくる。

「子どもができないのをいいことに、ローランは婚前交渉をしているようじゃないか。どのみち、子ができないのだからいいだろう？　もし気に入ったら、あの猫のように可愛がってやってもいい」

「い、いくら陛下でも御冗談がすぎます！」

リディは後退（あとずさ）った。

「猫だって取り返そうとしなかった。あいつはいずれ君を私に差し出すよ？　そうなる前に余のものになったほうが、惨めな気持ちにならないで済むだろう？」

リディは刮目（かつもく）して宙を見た。

花がひとつも飛ばない――。

──ローランが……私を、陛下に差し出す？

だからローランは、リディが国王に気に入られることを怖れていたのだ。

ローランが、婚約者を兄に差し出して、それで自分の身が助かったと喜んでくれる人なら、いくら気持ちの悪い相手だって、リディはその身を投げ出すだろう。

けれども、リディは知っている。

リディが国王のもとに連れていかれたら、最も嘆くのはローランだと──。

もし、リディがローランに選ばれたきっかけが不妊だったとしたら、それがなんだというのか。きっかけはどうあれ、今、リディはローランに愛されている。

それだけは確かだ。

──何がなんでも陛下から逃げないと！

リディは声を上げて衛兵を呼ぼうかと思ったが、近衛兵は国王に歯向かえない。もし、そんなことをしたら、彼らが罰せられてしまう。ローランが王都にいれば、なんとかなったかもしれないが、元帥不在のうちに、処刑などさせるわけにはいかない。

リディは近くにあった、ゴミ箱を掴んだ。ローランが恋文を捨てようとしたあのゴミ箱は、今見たら、鋳鉄製で重くてかなり威力がありそうだった。

「ローランと違って、いろんな女を抱いてきたから、あいつより余のほうが巧(うま)いぞ。優しくしてやる」

そんな気持ち悪いことを言ってヴィクトルがリディの手を掴もうとしたので、リディは重いゴミ箱を持ち上げ、ヴィクトルの頭にかぶせた。

「何をする！　余に歯向かう気か⁉」

彼がごみ箱で視界を奪われている隙に、リディは厩舎へと走り、馬に跨った。

目指すは、ポーシャール男爵家だ。『いざというときは』と言ったときのローランの真剣な眼差しが気にかかって、地図を頭に焼きつけていた。

とはいえ、女ひとり、街中で馬を全速力で走らせたことで、かなり注目を浴びてしまう。今、リディは家庭教師のような恰好をしていて、誰も貴族女性だとは思わないだろうが、行先がポーシャール男爵邸だとばれるとまずいので、彼女は近くにある馬車の停留所で馬を降りると、男爵邸に早足で向かった。

——伊達に農場を歩いてないんだから！

ポーシャール男爵邸は、貴族の邸としては小さく質素だった。

公爵邸には国王の密偵がいるので、リディが駆け込めばすぐにその情報は国王に伝わるだろうが、この邸ならノーマークなはずだ。

門番もひとりいるだけで、すぐにエドモンを呼んでもらうことができた。

エドモンに会うなり、リディはこう頼んだ。

「急にすみませんが、ここ以外のどこかで隠れる場所を提供していただけませんでしょうか？」

「リディ様、いきなりどうなさったのです？」

「国王陛下に犯されそうになって、ごみ箱で撃退してしまいました。陛下は、私が公爵邸に逃げたと思ってこれから捜索をお命じになることでしょう。公爵閣下が私と婚約破棄してくださったら、公爵家は守れるはずです。私は、いつでも婚約破棄に応じます。ですが……もう一度だけ閣下にお会いしたくて……」

——いけない。涙声になってしまった。

「……い、一時、一時でもいいので、すみませんが私をどこかに逃がしていただけませんでしょうか？」

でないと、この男爵家にも迷惑をかけてしまう。

エドモンは驚愕の表情をしていたが、細かいことを聞くことなく、こう言ってくれた。

「婚約破棄は置いておいて、まずはリディ様の安全を確保いたしましょう」

とにかく今は行動の早さが最優先だと判断してくれたようだ。

彼は、使用人用の馬車を用意し、侍女と衛兵ひとりずつを連れてきてくれた。リディを含めて三人とも農民の衣服に着替え、衛兵を御者にして男爵邸を出発する。

「落ち着いたら、迎えにまいりますから！」

リディを安心させるかのように、エドモンはそう言って送り出してくれた。

——私が歯向かったせいで、ローランに危害が及びませんように！

馬車の中で、リディはひたすらそう祈っていた。

第七章　幸せな未来のために

侍女のテレーズに案内された家は、よくある農家だった。外壁はレンガと漆喰で、屋根は藁でできている。

だが、一歩足を踏み入れると、そこはまるで貴婦人の居室のようだ。

壁は小花柄で美しく、クローゼット、姿見、椅子……どれも高級なマホガニー製で、貴金属の装飾こそないものの、美しい彫刻が施されている。

二階に上がると、テーブルとベッドまであった。

テレーズに、「どうして、こんな部屋が用意されているの？」と、尋ねたが、「私からは申し上げられません」と、すげなく返された。

彼女は二十代半ばの優しげな顔をした女性なのだが、ただの侍女ではないようで、行きの馬車で『こう見えても私、躰を鍛え上げていまして、そこらの男よりよほど強いのでご安心ください』と告げてきたぐらいだ。

ローランはこうなることを予期して女性の護衛や隠れ家を用意していたのだろうか。

――いいえ。それは、ないわ。

というのも。遠征先で危険にさらされるのではないかとリディが問うたとき、それを否定したローランの周りに、花が散らなかったからだ。

あのサファイアより美しいと言われるコーンフラワーブルー。

彼に嘘なんかついてほしくないのに、彼を具現化したようなあの花が懐かしく思い出される。

そのとき、幼い日の記憶が脳裡にちらついた。

——私、小さいとき、どこかで青い花を散らす子を見たことがある。

ふと、そんな思いが浮かんだ。だが、当時は花の種類もわからず、いろんな色の花が飛ぶぐらいにしか思っていなかったので、そんなこともあっただろう。

「見知らぬ人がうろつくと警戒されるので、ここから出ないでくださいね」

テレーズが真顔で言ってくるが、おかしな話だ。

「テレーズだって、見知らぬ人よね？」

「私はもともとこの村出身なんです。食料を調達してきますので、じっと待っていてください」

「まあ。それは心強いこと」

テレーズが、ふふんと、得意げに去っていった。

リディは、家の中でひとりきりになるが、外では、農民の恰好をした衛兵が薪（まき）を割っている。目的は薪を作ることではなく、不自然なく警備するためだろう。

リディは、ベッドに腰を下ろす。

とてもふかふかしていた。

そのとき、疲れがどっと来て、リディはそのまま眠り込んでしまった。

起きたら、もう夜で、テレーズがテーブルに着いてじっとこちらを見ている。光源はテーブル上の蠟燭だけで、その灯りが木製トレイに置かれた夕食を照らしていた。

「お疲れだったようですね。よろしかったら食事をお召し上がりください」

「ありがとう」

リディは起き上がって、テーブルに着く。

スプーンを手に取った瞬間、不安が襲ってきた。

『余に歯向かう気か⁉』という国王の怒声が今も耳にこびりついている。

リディは、この国の頂点に君臨する男に危害を加えたのだ。

手からスプーンが滑り落ちた。

「……国王陛下やドワイヤン伯爵家のこと……なんでもいいので、その後、何か伝わってきていないかしら？」

あの国王のことだから、リディの家族を罰したりしかねない。

「心配なさらなくて大丈夫です。元帥閣下とエドモン様をご信頼ください」

――元帥？

ローランをそう呼ぶのは兄ジェラルドなど軍人だけだ。

——やはり、彼女は軍の人間だわ。

「でも、ローラン様は国境にいらっしゃるから、馬で飛ばしたとしても王都まで三日はかかる……」

そこまで言って、リディは急に怖くなる。

「私があんなことをしでかしたから……王都に戻らないほうが安全かも……」

「元帥閣下はこの国の防衛の要(かなめ)で、国王陛下にとってなくてはならない存在です。閣下が王都に戻られたら全てうまく行きます。だから召し上がってください」

テレーズがそう力強く言って、トレイの左右を掴み、ずいっとリディのほうに押し出した。彼女はリディが何に不安を感じているのかわかっていて、先回りして答えてくれたのだ。

「……ありがとう。いただくわ」

彼女の心意気に応(こた)えるためにも、リディはちゃんと食事を摂(と)るべきだ。取り敢えず、スープをスプーンですくって口に入れる。

——全然、食欲が湧かない……。

ひと口入れただけなのに、胃がムカムカする。

——私、これからどうなるんだろう。

エドモンはローランの部下だから、上司の婚約者であるリディを逃してくれただけだ。いつまでもここで隠遁(いんとん)生活をしているわけにはいかない。

ローランに迷惑がかからないよう、婚約破棄する覚悟はできている。

だが、不妊の自分と結婚しようとした彼のことだ。たとえ国王に睨まれても、予定通り結婚すると言い出すかもしれない。

——そのときは、ここをこっそり抜け出すまでよ。


『ローラン、戻ってこられたのですね』

農村に現れたローランは、軍装ではなく、まるで舞踏会にでも行くような盛装をしていたが、リディは疑問に思うことなく、飛びつくように彼に抱きついた。

『ずっと会いたかったです』

『私も、だ。でも、これからはずっといっしょさ。さあ、結婚式に出よう』

リディは驚いて自身の躰を見下ろす。農民のような質素な服装だ。

『私、まだ全然準備ができていないから式なんて無理よ……無理』

「無理なんです」

「リディ、何が無理なんだ？」

驚いてリディが起き上がると、目の前にローランの顔があった。

「ロ……ローラン？」

ベッド脇の椅子にローランが座っていた。もう夜で、部屋は真っ暗だったが、彼の横にあるチェスト上の蠟燭の灯りで、彼が軍服姿であることがわる。

——さっきまで盛装だったのに？

「リディ、『無理、無理』ってうなされていたぞ？　大丈夫か？」

彼がリディを抱きしめてきたので、リディは自ずと、彼の胸に頰を埋め、背にすがりついた。

——温かくて、大きい……こちらが現実だわ。

「ローラン……よかった。無事だったのですね」

「どうしても会いたくて……夜の闇にまぎれて馬を飛ばしてきたんだ」

リディは驚いて顔を離した。

「無理をさせてしまったのでは？」

「それより、ヴィクトルに乱暴されそうになったって？　どんなことをされたのか心配で気が狂いそうだったよ」

彼が眉間に皺寄せ、苦悶の表情を向けてくる。

「な、何もされて……どこも触られていません」

「そうか。……よかった」

彼が安心したようにリディの肩に寄りかかってきた。

——やっぱり……私、陛下に抵抗したのは……間違っていなかったのよね？

「私は無事なのですが……むしろ私が陛下に危害を加えてしまったというか……」

彼の躰が小さく震える。

顔を上げたときローランは可笑しそうに笑っていた。

「これは傑作だ。私が恋文を捨てようとしたあのゴミ箱は勲章ものだよ。私を避けていた君を引っ張り出したり、君を国王の手から逃したり……」

――こんな考え方があったのね。

彼にはいつも驚かされてばかりだ。

「私だけが安全な場所にいて……ローランや私の家族に、国王陛下の怒りの矛先が向かっているのではないかと、それだけが心配で……」

彼が再びぎゅっと抱きしめてくる。

「君の家族は私がこの目で無事を確認して、私の軍隊に厳重に警備させている。オフェリーはとても反省していて、リディに謝ってほしいと」

「姉が反省？　何にです？」

「彼女は、ヴィクトルの誘導尋問に引っかかって、君の不妊のことを漏らしてしまったらしい」

――そういうこと！

リディの胸に刃のようにずっと突き刺さっていた言葉がある。国王から言われた『君からは継嗣は生まれないだろう？』という言葉だ。

リディの瞳から涙があふれ出る。

「ごめんなさい。ローラン、ごめんなさい」

リディはローランが漏らしたのではないかとショックを受けていた。

――ローランを疑うなんて、私、どうかしていたわ。

「何を謝っている？」

「私……私、ローランのこと……見失ってしまうところでした」

ローランは全てわかっているから言うなとばかりに唇を重ねてくる。彼が上体を乗り出し、前のめりになったので、リディは顔を上げて彼の首を掻き抱く。嗚咽が止まらない喉元をいたわるように、彼の舌が口内を這い回る。

今までになく深く、深く繋がったように感じた。

唇が離れたあとも、ふたりは鼻が触れ合うぐらいの近さで見つめ合っていた。

先に沈黙を破ったのはリディだ。

「ローラン、私のせいで国王陛下に歯向かうことになったのでは……？」

「いや。前々から準備していたことだ。今回のことはいい機会になった」

「絶対、絶対に、無理をしないで。無事に戻ってきてくださいね」

「ああ。もちろん」

彼が、安心させるかのように片方の口角を上げた。

そのとき、リディは目を疑った。

あの美しい青い花びらが宙を舞い始めたのだ。

——そんな……そんなことってある？

一番見たくないときに、この花を見てしまった
——死を覚悟しているとでもいうの？

いや、『無理をしない』という部分についてだけ嘘をついたのかもしれない。

「あの、必ず迎えに来てくれますよね？」

「もちろんだよ」

彼の言葉は力強かったが、再び青い花びらが舞う。

「あの……どうしても戦いに出ないといけないものでしょうか？　ローランは元帥でいらっしゃるのでしょう？　後方で作戦を立てるなら、農村(ここ)でだって……」

ローランが諭すように小さく首を振った。

「国王に反旗を翻(ひるがえ)すにあたり、元帥が前面に出ないと誰もついてこないよ？」

「そ……それはそうですけど……」

彼が再びちゅっと軽いキスをしてきた。

「君がそんな我儘(わがまま)を言ってくれるようになるとは大いなる進歩。その調子だ。こんな争い、すぐに収めて結婚しよう。そのためにも、私は行かなければいけない。いいね？」

そうだ。これは我儘だ。彼の肩に、この国の命運がかかっているのだから。

「は、はい」

そう答えながらも、リディは涙が止まらなくなっていた。

彼は無言でじっとリディを見つめていたが、想いを吹っ切るように急に立ち上がる。

「……と。こんなことをしていたら、本当に君と逃亡したくなってしまうから、私は行くよ」

「無理をなさらないで。ご無事で！」

リディがベッドから下りようとしたら、ローランが掌を彼女に向けて制止してくる。

「このまま連れ去りたくなるから、ここにいてくれ。近いうちにエドモンが来る。彼を頼るんだ」

そう言い終わるか終わらないかのうちに彼は踵を返し、階下へと降りていった。

リディがカーテンの隙間から外を見ると、月明りのもと、うっすらと馬が三頭見えた。騎兵ふたりを連れてきただけで、あくまでお忍びでここに立ち寄ったようだ。

――これ以上、ローランが無理をしませんように！

リディには、そう祈ることしかできなかった。


それからリディは心配で夜も眠れず――とは、ならず、ひたすら眠っていた。

――もうすぐ春だというのに、今さら冬眠だとでも……？

起きていると、ついうっかり最悪な未来ばかり想像してしまうので、そういう点ではありがたい。

ローランが去ってから四日ほど経ったとき、蹄と車輪の音がして、リディはすごい勢いで窓に張りついた。

外を見ると、夕闇の空を背景に五頭立ての大きな荷馬車二台がこちらに向かってきていた。近づくにつれ、その先頭の馬に乗っているのがエドモンだとわかる。

この間、ローランが、エドモンを頼るようにと言っていた。つまり、まだローランは来ないということだ。

がっくりしている自分に気づいて、リディは自己中心的だと反省する。

——ローランがクーデターを起こそうとしているというのに……私ってば。

リディが階下に降りると、そこにはもうテレーズがいた。家の前で馬車が停まり、エドモンが馬から降りると、テレーズが敬礼する。

——やっぱり軍人ね。

しかも、それを隠す気はないようだ。

エドモンが馬から木箱を下ろすと、リディに差し出してきた。

「リディ様、こちら、元帥閣下よりお預かりしたものです」

開けると、リディが実家に置いていた引継ぎ用資料と花言葉の本があり、上に添えられたカードには、ローランの筆跡で『今のうちに研究にいそしんでおいて』と書いてある。

——やっぱり、ローランは私の一番の理解者だわ。

リディはその箱を抱きしめた。涙が出そうになったが、目下の者の前で〝公爵夫人〟は毅然としているものだとゴセック夫人に教わったことを思い出し、ぐっとこらえて顔を上げた。

「エドモン、ありがとう」

「お喜びいただき光栄です。ところで、リディ様には申し訳ないのですが、今日明日にでも、もうおひと方、こちらにお住まいになる方が到着なさる予定でして……その方に二階をお譲りしていただけませんでしょうか」

やはり、最初の違和感は当たっていた。この農家はもともと、その人のために用意されたものだ。

「そ……それはもちろんですわ。で、その方はどなたですの？」

エドモンの顔が引き締まった。

「我が国の王妃陛下であり、ボスフェルト王国の王女殿下でもあらせられるヘンリエタ様でいらっしゃいます」

クーデターについて『前々から準備していたことだ』とローランが言っていたが、これはリディの気持ちを楽にするためではなかったのだ。

「……エドモン、現状について、聞かせていただけないかしら」

「ええ、もちろんです。これから家具を運び込む必要があるので、衛兵待機用の家にご案内しようと思っていたところです」

そんな会話をしている間も、暗がりの中、農民に身をやつした軍人たちが荷台からベッドを運び出している。リディが使っているのと同じようなマホガニー製の立派なベッドだ。

農村の外れで人がほとんど通らないところだとはいえ、こんな立派なベッドを見られたら、変な噂が立ちかねない。この時間帯に着いたのは偶然ではなく、全て綿密に計画されている。

おそらく王妃ヘンリエタが夜中に到着するのだろう。

ローランが、親しい友人の名を呼ぶかのように『ヘンリエタ』と語っていたことを思い出して、ちりりと胸が痛んだ。

——どんな方なのかしら……。

そんなことを思いながらエドモンと歩いていると、藁葺き屋根のレンガの家に案内された。

入ると、中は仕切りがない大きな空間で、中央に、なんの装飾もない木製の大テーブルがあった。

壁際には、ベッドというより長細い台といったほうが正しいような寝床が並べてある。

「むさくるしいところですが、お座りください」

エドモンに言われ、リディはテーブルに着いた。クッションも何もない硬い椅子だ。彼がその隣に腰を下ろす。テーブルがやたらと大きいので、向かいに座ると小声で話せないからだろう。

リディには聞きたいことがたくさんあった。

「エドモン、王妃陛下をかくまうために用意された家に私を住まわせて大丈夫なの？　私なら、ここで寝ても平気よ」

「そんなことになったら、元帥閣下に叱られます。それに、お守りさしあげる方には一ヶ所に集まっていただいたほうが、兵力を分散させずに済むので助かるのです」

――兵力……つまり、これは戦争なのだ。

「そう……。王妃陛下が納得してくださるなら、私、あそこに住まわせていただくわ」

「少しの間の辛抱ですから」

彼が鼓舞するかのように語気を強めた。

「万事、うまく……いっているの？」

「ええ。もちろんです。元帥閣下は、私が一生ついていくと決めた御方ですから」

リディは目を見開く。

「わ、私こそ、その心意気でいないといけないのに……。私の知らないローラン様のこと……例えば、エドモンが初めて会ったときの印象とか、軍での様子とか……教えてくださらない？」

リディは、婚約者（ローラン）のクーデター計画にも全く気づかなかった。まだまだ知らないことだらけだ。

彼はまず誇らしげにこう言った。

「軍でも私ほど、閣下と長い付き合いの者はおりません。私が閣下に最も信頼されているという自負があります。事実、リディ様のことで私を頼りにしてくださったわけですし」

「そ……そう」

リディはなんだか照れくさくなってしまう。

「私はしがない男爵家の次男ですけど、とにかく勉強がよくできたので〝秀才〟枠で、当時王太子だったヴィクトルの『学友』に選ばれ、よく王宮に出入りしていて閣下と知り合いました」

彼は国王のことを、陛下ともヴィクトル様とも言わず、ヴィクトルと呼び捨てにした。

——これ、言い間違いではないわ。

彼の中では最早、ヴィクトルは国王ではないのだ。

「それは何歳のころなの？」

「閣下が十歳。私が十二歳のころです」

「まあ。そんなに小さいころから？　一番長い付き合いというのも納得ね」

「でしょう？　私が閣下に一生お仕えすると決めたのは十六歳のときです。ヴィクトルの十六歳の誕生パーティーで、彼が女の子の気をひくために『鉱物の当てっこクイズ』というのを考えたのはいいのですが、我々『学友』に、研磨したら宝石になる鉱物を持ってこいと命じられたのです」

——この会、私も参加した覚えがあるわ。

エドモンが話を続ける。

「ほかの子たちは裕福な名家の子だからいいものの、私だけ貧乏男爵家だったもので……こっそり亡き母の部屋をあさって見つけたアメジストを提出しました。ですが、これは母の形見でもあるので、内心、そんな遊びに使われたくなかったんです。それを閣下が察してくださって」

そのとき急に、当時のあるできごとが、絵画のようにリディの脳裡に浮かび上がった。

木々の中で『蛇の巣だよ』と嘘をついて、青い花を散らした少年——。

――あの子、ローランだったんだわ！

「そこからは私、知っているわ。ローラン様が、鉱物を隠してカラスのせいにしたのでしょう？」

エドモンが照れたように笑った。

「この話、もう閣下から聞いてらっしゃいましたか？」

「いえ。私もその場にいたこと……今、思い出したの」

あのときリディは、ローランのことを、嘘つきのいたずらっ子だと思っていた。だから〝公爵閣下〟とイメージが重ならなかったのだ。

――あれは、エドモンの母親の形見を取り返すための芝居だったんだわ。

エドモンドが当時を思い出すような遠い目になる。

「閣下は、私のような下位の貴族の気持ちもわかってくださる方なんです」

「……あのときから、ローラン様のクーデターは始まっていたということ？」

エドモンの目が輝いた。

「リディ様もそう思われますか？　実は私も密かにそう思っていたのです」

そんな緊張を要する計画を実行しているとき、ローランは六歳のリディにからまれたのだ。

――そういえば、私の邸で会ったとき！

ローランが『初めまして』と口にすると同時に、花が散ったわけがようやくわかった。

リディから『お初にお目にかかれて光栄です』と挨拶をされた手前、『初めまして』と返すしかなかったのだろうが、彼は、幼いリディと会った記憶があるので嘘になった。

リディは自身の手と手を組み合わせ、ぎゅっと握りしめる。

――ローラン、早く、早く迎えにきて。

ローランと話したいことがたくさんある。

そのとき扉がノックされ、農民の恰好をした青年が入ってきた。

「エドモン、〝お客様〟が到着だ」

エドモンは少佐だが、ここでは階級で呼ばないようにしているようだ。

「ヴァレール、わかった。リディ様、ごいっしょにいらしていただけませんでしょうか？」

エドモンが立ち上がったので、「もちろんよ」と答え、リディもあとに続く。

外はもう真っ暗だったが、彼らは手燭（てしょく）を使わなかった。それだけ警戒しているのだろう。月の光のもと、畑のあぜ道を歩き、家のほうに目を遣（や）れば、一、二階とも灯りが点いている。その前に停めてある馬車は、おおよそ王妃が乗っていたとは思えない質素な造りだった。

エドモンを先導にして、リディは二階に上がる。

そのとき、「久しぶりの外の空気、最高だわ！」と、伸び伸びとした声が聞こえてきて、リディが意外に思いながら階上に顔を出したところ、プラチナブロンドに青灰色の瞳の、まるで妖精の女王のような美しい女性が、明るい笑顔を向けてきた。

塔の上に幽閉されていた不遇の王妃というイメージとはほど遠い表情だったのでリディは驚く。

「あら、もしかして、あなたがローランの婚約者？」

好奇心でいっぱいの瞳をくりくりとさせてこちらを見てくる。

リディは膝を少し曲げて正式な辞儀をした。

「はい。王妃陛下、私はドワイヤン伯爵家のリディと申します」

「王妃陛下なんてよして。ここでは、私たち家族みたいなものでしょう？　ヘンリエタ、リディと呼び合いましょうよ」

「は、はい。では、お言葉に甘えて、そのようにさせていただきます」

「真面目ね。しかも可愛らしくて、ローランってこういう娘が好みだったのね」

ヘンリエタがまじまじと見てくる。貴族の女性としては不躾にあたる行為だが、生まれが王女ともなると、こんなふうに天真爛漫でも許されるのだろうか。

リディが答えあぐねていると、ヘンリエタがエドモンのほうを向いた。

「この出会いに祝杯を上げないとね。ワインはあるかしら？」

エドモンが微笑を浮かべ、侍従のような辞儀をした。

「もちろんでございます」


二階には新たにテーブルが運び込まれており、そこでエドモンとヘンリエタはワインを傾けていたが、リディは下戸ということで、ジュースで勘弁してもらう。

幽閉されているときは禁酒だったそうで、ヘンリエタは、がぶがぶ飲んでいた。

「あ〜、私、弱くなっているわ」

――これだけ飲んで……弱い？

そう思いながら、リディはジュースに口をつけたが、また胃がムカムカしてきた。

――ワインの匂い、結構……きつい。

だが、王妃に飲むなとも言えず、リディは黙ってヘンリエタの話に耳を傾けていた。

彼女によると、ヴィクトルは、ヘンリエタがローランに気があると思って嫉妬していたそうだ。

「そんな誤解をされていたんですか？」とリディが驚くと、ヘンリエタが、あっけらかんと「誤解じゃないわ。私、ローランのほうが好みだもの」と、返してくるものだから、面食らってしまう。

しかも、「ずっと軟禁されていらしたなんて、さぞやお辛かったことでしょう」と労(ねぎら)いの言葉をかけると、ヘンリエタは、こうだ。

「ヴィクトルと同じテーブルで食事を摂らないで済むようになって、食欲が進んで少し太ったわ」

薄幸の王妃という印象が、がらがらと崩れていく。

ここでわかったのが、ローランは、ヘンリエタが幽閉されていることに抗議してくるボスフェルト王国大使を宥(なだ)めるふりをして、ボスフェルト王と連絡を取り、彼女を祖国に無事戻すことを条件に、クーデターに協力してもらう密約を交わしていたそうだ。

「ヴィクトルが国王のままだと、この国は立ち行かなくなるだろうから、やっぱり、ヴィクトルを排除して、ローランが国王になるしかないわよね」

ヘンリエタがそう結論づけた。

——ローランが国王……。

クーデターと聞いたときから、薄々そうなるだろうと思っていたが、あまり考えないようにしていた。

——ローランが国王になって、私を王妃にしてくださったとしても……。

公爵位は一代限りでよくても、国となると、そうはいかない。彼には側妃を娶る義務が生じるだろう。

リディは肩をべしっと叩かれる。

「何、暗い顔をしているのよ。あんな性格のいい美形を捕まえて、さらにはあなた、王妃になろうっていうのよ。少しは喜んだらどうなの？」

酔いが回っているのか、ヘンリエタの目は据わっていた。

「私……王妃なんて無理です……喜べません」

その瞬間、場が凍りついた。

——本当に私って、社交場が向いていないわ。

ふたりが固まっている様子を見ていたら、今までになく胃がムカムカしてきて、リディは手で口を押さえた。王妃の前で、吐くわけにはいかない。

「すみません、気持ちが悪くなってしまいまして」

リディは急ぎ階段を降りると、洗面用のボウルに吐いた。吐くといっても、食欲がなく飲み物しか口にしていなかったので出るのは液体だけだ。

いつの間にか、ヘンリエタとエドモンが下りてきていて、エドモンに申し訳なさそうにこう言われる。

「テレーズから、リディ様の体調が悪いと報告を受けていたのに……考えが至りませんでした。もう夜中です。お休みになってください」

ヘンリエタの納得いかなさそうな声が聞こえてきた。

「あなた、体調が悪いとはいえ、ジュースしか飲んでないじゃない。……ワインの匂いだけで酔ったとでも……」

ヘンリエタが、そこまで言って言葉を止めた。

「あなた、もしかして……妊娠しているんじゃなくて?」

リディは驚いて顔を上げる。

――そんなわけ……そんなわけない。

その晩、エドモンが帰ったあと、リディは、ヘンリエタに稀発月経のことを打ち明けたのだが、回数の問題じゃない、月経があるなら妊娠の可能性はあると一蹴されて終わった。

そして今朝、テレーズが給仕する中、リディがヘンリエタと食卓に着くと、ヘンリエタがこんなことを言ってくる。

「ねえ。このスープ、とってもおいしそうな匂いがするけれど、あなたにとってはどうかしらね？」

そう言って、ヘンリエタがリディの鼻の先までスープを持ってくるではないか。

とたん、リディは、あのムカムカした感じがせり上がってきて手で口を押さえた。

テレーズが心配そうに飛んでくる。

「リディ様、実は、エドモン様からもこの件、うかがっております。体調を崩されているだけかと思っていたのですが……やはりヘンリエタ様のお見立てが正しいのではないでしょうか」

ヘンリエタが援軍を得たとばかりに、こう言ってくる。

「そうよ。お腹にローランの子がいるって認めなさいよ」

「お認めにならないということは、婚前交渉をなさった覚えがないということでしょうか？」

テレーズに曇りなき眼でそう問われ、リディはぐうの音も出ない。とても外聞の悪いことだ。

「それについては、ローラン様の今後の信用問題にかかわるので、ご内密にしてください」

「ほら、やっぱり、子どもができるようなこと、したんじゃないの。ローランったら意外と手が早いのね」

——本当に消えたい。

ヘンリエタがテレーズに、こんなことを尋ねた。

「体調が悪いって具体的にどういう感じだったの？」

「それが、リディ様はここにいらしてから食欲がなく、ひたすら眠っていらしていて……環境が変わってお疲れなのかと思い込んでおりました」

「眠っていた？　リディ、あなた、今までにない眠気に襲われたりしなかった？」

「え、ええ。そうなんです。何か薬でも盛られたのではと思うぐらい、寝ても寝ても眠くて……」

「私も妊娠初期に、ものすごく眠くなったわ。絶対妊娠よ。私の場合は流産してしまったけど、あなたは躰を大事にするのよ」

――流産！

「そ、それは、さぞや……お気を落としに……」

リディが言葉を選んでいると、ヘンリエタにぴしゃっとこう言われる。

「流産でよかったのよ。おかげでこの国に未練を残すことなく祖国に帰れるわ。お互い口外無用ということで」

ヘンリエタ流の優しさを感じ、リディは鼻の先がツンとした。

――この方、すごくいい方だわ……。

この妙な明るさも、皆が気を使わないようにしてのことかもしれない。

だが、リディには妊娠を単純に喜べない理由があった。

「でも、ローラン様は子どもが好きじゃないっておっしゃっていたんです」

ヘンリエタが呆れたように半眼になる。

「私だって子どもは嫌いよ。言うことは聞かないし、意味不明な言動ばかりだし……。でも、好きな女性との子なら、うれしいに決まっているでしょう？　ローランは、不妊でも結婚したいと思うくらい、あなたのことが好きなんだから」

そのとき不覚にも、リディの目から涙が一粒零れた。

——私ったらまたしてもローランを見失っていた。

彼が『子どもなど好きではない』と言ったとき、花が散らなかったものだから、リディとの子が欲しくないのだと思い込んでいた。

今だから、わかる。

彼は、リディとの子がこの世に生まれない前提で、ほかの子ども全般について語ったのだ。だから嘘をついておらず、花は現れなかった。

リディは最近になってつくづく思う。嘘か嘘でないかがわかったとしても、その人の本質は結局、自分の目で見て、信じるしかない。

「わ……私に、ローラン様との子どもができるなんて……夢みたいです。ヘンリエタ様、あ、ありがと……ございました」

とうとう涙があふれ出してしまった。

「幸せに気づくのが遅いのよ」

そんな悪態すらうれしくて、リディは嗚咽が止まらなくなる。

そのとき、蹄の音が聞こえてきた。

しかも、ものすごく速い――。

――ローラン⁉

リディは窓に駆け寄るが、馬車ではなく馬で、乗っている男性は農民の服装ではなく軍服だ。

その馬が衛兵たちの仮住まいである藁葺き屋根の家の前で止まった。

ヘンリエタも窓辺にやって来る。

「早馬が、王弟側(ローラン)の勝利を伝えに来たってところかしら」

――やっと……やっと、ローランに会える！

リディが安堵に包まれたとき、エドモンが、早馬に乗っていた軍人とともにこちらに走ってきた。

近づいてくるにつれて、エドモンの表情が強張(こわば)っているのがわかる。リディは、とてつもなくいやな予感がして家の外に飛び出した。

「リディ様、王都は元帥閣下の率いる軍で制圧されましたー！」

エドモンがそう声を張り上げたものだから、リディは、ヘンリエタと手を取って喜ぶ。

彼はリディとヘンリエタの前まで来ると、呼吸を整え、こう告げてくる。

「ただ、元帥閣下ご自身は、国王陛下と対峙(たいじ)されたときに負傷されたとのことで、リディ様、今すぐ公爵邸にお戻りください」

リディは、世界が全て闇に包まれるような衝撃を受けた。真っ暗闇の中で呆然としていると、ヘンリエタの張りのある声が響く。

「どこを、どう負傷したっていうのよ！」

「それが……追い詰められたヴィクトルが、短剣を投げて猫を殺害しようとしたとき、元帥閣下が咄嗟にその猫をかばい、隠れていたヴィクトルの部下に背中を切りつけられたとのことです。猫は囮だったのです」

以前、ヴィクトルが得意げに、ローランの猫を奪った話をしていた。

きっと、あの猫だ――。

「もちろん、命に別条はないのよね？」

ヘンリエタがそう聞いたので、リディは何も聞き逃すまいと、食い入るようにエドモンを見た。

「それは……もちろん、そうです」

そう答えたとき、エドモンの周りに血のように赤い花が舞った。これは、彼が届けてくれた花言葉の本に載っていた。困難に打ち勝つという花言葉を持つナスタチウムだ。

――どうして、ここで花が散るの？

リディは早馬に乗ってきた軍人に顔を向ける。

「そのときの状況と……怪我について……もっと……もっと詳しく……教えて」

あまりの緊張に息絶え絶えになってしまった。

軍人が「はっ」と、敬礼した。

「元帥閣下がヴィクトル様に温情をかけられ、捕らえるだけで殺さないよう指示を出されたのを逆手に取って、ヴィクトル様は猫を囮にして一矢報いようとしたのですが、そのせいで殺害されました。閣下は出血されていましたが意識はおありで、リディ様を今すぐ呼び戻すようにと私にお命じになられました。それで、すぐにその場を離れたので、そのあとのことについては把握しておりません」

「なら、私をあの早馬に乗せてちょうだい」

エドモンが、慌てた様子になった。

「お言葉ですが、閣下はリディ様のご懐妊をご存じないので、そうおっしゃったのかと」

ヘンリエタがこう加勢する。

「そうよ。妊娠初期は馬車で揺られるのもよくないと聞いたわ。乗馬なんて問題外。落馬なんかしたら、私たち、ローランに顔向けできないんだから」

気づけば、リディの頬に涙が伝っていた。

「でも、もし……もし……その傷が思ったより深くて……永久にローランに会えなくなったら？」

——花が散ったのだから、泣いてすがってでもローランが行くのを止めればよかった！

「愛するあなたを置いて、ローランが死ぬわけないでしょう⁉」

と、ヘンリエタが語気を強めると、エドモンがこう諭してくる。

「今は、お腹のお子様を大切になさってください。もしかしたら、王太子様が宿ってらっしゃるかもしれません」

「そんな……！　ローランが死んだあとのことみたいな話、しないで！」

叫び声のようになってしまった。自分でも言っていることがめちゃくちゃだ。

だが、ここで腹が決まった。

「乗馬はやめるから、その代わり馬車を全速力で飛ばして。揺れがよくないと言うなら上掛けで躰をぐるぐる巻きにして揺れが伝わりにくくするわ」

リディの目が据わっていて、エドモンは、もう受け入れるしかなかった。


それからすぐにリディは、上掛けを持ち込んで馬車で出発したが、フォートレル公爵邸までの半日がとてつもなく長く感じられた。

馬車が公爵邸の車回しに着くと同時に、リディは飛ぶように降り、歩きながら侍従長に「ローラン様はご無事？」と聞くと、彼が「もちろんでございます」と答えてくれたので、やっと、ひと息つくことができた。

公爵の居室に近づくと、衛兵が待ってましたとばかりに扉を開けてくれる。

前室、応接室、書斎、身だしなみを整える部屋、次々と扉が開かれ、リディはようやく寝室にたどり着く。

「ローラン！」

リディが名を呼ぶが、彼は答えることなく、ただ横になったまま、目を細めて微笑んだ。顔色は青白く、こんな力のない笑みを見たのは初めてだ。

とたん、リディの心の中で不安が増殖し始める。

「ローラン……切られたって聞いて……どうしてそんな無茶を……」

リディはベッド脇に用意された椅子に座って、彼の片手を両手で包んだ。

──汗をかいているわ。

彼女はハンカチーフを取り出して、彼の顔をそっと拭いていく。

「リディに言われたので、無茶するつもりはなかったんだけど、ニコルが……」

そう言って彼が自身の足のほうに目を向けた。彼の足もとで長毛のこげ茶の猫が丸くなっている。

「この猫……小さいころに飼っていた猫なのでしょう?」

「ちび猫だったのにもう十五歳だよ。猫にしては長生きしてくれてよかった。この子は雄だから嫉妬しなくて大丈夫だよ?」

そんな軽口を叩いているというのに、笑みに、あまりにも力がない。

「誰にだって嫉妬なんかしないわ。あなたが生きていてくれればそれだけでいい!」

リディの涙腺は決壊し、子どものように声を上げて泣いてしまう。

彼の手が伸びてきて、指先でリディの頬を流れる涙を拭いた。

「リディがそんなふうに泣けるなんてね。いつも一歩引いて世界を見ていたのに、人間らしくなってきたな」

「そうよ！　あ、あなたのせいで……ヒック……穏やかな毎日がぶち壊しよ。だから……ヒック……あなたは責任取って……長生きしてくれなきゃだめなの！」

嗚咽まじりになっていた。

「当たり前だろう？　リディこそ長生きして、ずっと私を愛し続けないとだめだよ？」

こんな情熱的な台詞（せりふ）にも全く抑揚がない。

――妊娠の話なんかしても心配かけるだけよね……。

そもそも、まだ医者に診てもらっていないから確証がなかった。

「感情的になってごめんなさい。あの、私と話すこと、ローランの負担になっているんじゃないかしら」

「それはない。傷が開かないように動かないようにしていればいいんだ。でも、そばにいてくれないと、じっとしていられなくなるよ？」

「そ、そう。なら……私、ずっとここにいるわ。たくさん話したいことがあって……ありすぎて何から……そう、そうよ。私たち、子どものころ、会ったことがあるの。あなた、気づいていたんでしょう？」

彼が昔を思い出すかのように目を瞑った。

「リディは忘れていただろう？」

「だって、六歳だったんですもの。まさか、あのいたずらっ子が公爵閣下だなんて……」

「私はずっと忘れられなかった。どうせつくなら人を幸せにするような嘘をつけって、六歳の子に説

教されたんだから」

「私ったら、初対面の年上の方にそんなことを言っていたのですか？」

「ああ。しかも兄はお調子者だって」

「まあ！」

「でも、ジェラルドが入隊してきたら本当にお調子者だったので笑ってしまった」

ローランの口角が少し上がったので、リディはうれしくなる。

「善良な人間ではあるんです」

「なんといっても、お祖母様を喜ばせるために嘘をつきまくっていたぐらいだからな」

「私ったらそんなことまで話していました？」

リディが恥ずかしくなったところで、彼がこんなことを言ってくる。

「六歳の子に言われたのに、いや、小さい子に言われたからかな？　あの言葉は、すとんと心に落ちてきて……人を幸せにする嘘をつくことにしたんだ」

「人を幸せにする嘘？」

「まあ、端的に言えば、褒めて相手を気持ちよくしてあげることかな。相手が不快になるような真実を突きつけるより、よほど皆、幸せになれる」

——社交場でいつも花を散らしていたのは……そういうことだったの？

実際、高齢の女性が、ローランに装いを褒められて長生きしたいと思うようになったと、お茶会で聞いたことがある。

——まさか、私の言葉がきっかけだったなんて。

それなのにリディは、ローランが嘘つきだと警戒していたのです。私は社交界とは関わりを持たずに生きてきたのに、ローランがどうして私に興味を持ったのかって」

「君が、私を変える言葉をくれたので、もう一度話してみたいと思っていたんだが……一向に社交界に出てこないものだから心配になって、あのお調子者に頼んだら、リディに気があると勘違いされて……参ったよ」

「まあ。私も兄に、元帥閣下が私に気があると言われて困惑したものですわ」

「それにしても、大人になっても恋文のことでまた叱られるとは思ってもいなかったよ」

「ご、ごめんなさい。あのときすでに私に求婚してくださっていたから、恋文を捨てるのは誠意だったのですよね？」

彼が咎めるように片眉を上げた。

「……やっと、わかったか」

——こんなめちゃくちゃな私なのに、よく好きになってくださったものだわ。

自分で自分に呆れてしまう。

「……う」

そのとき、突然、吐き気に襲われた。

「体調が悪いのか？」

ローランに心配そうに聞かれたが、今はまだ言うときではない。彼は絶対安静だ。

「馬車で酔ったみたいです」

そういえばヘンリエタが、妊娠初期は馬車で揺れるのも母体の負担になると言っていた。

吐き気を抑えられそうにないので、「すぐ戻ります」とだけ言い部屋を出ると、隣室でエドモンが立ち上がり、小声で囁いてきた。

「リディ様、お加減はいかがですか？　産科の医者を呼んでおりますので、公爵夫人の寝室に移りましょう」

「あ、ありがとう」

ローランの無事が確認できたことで、今度はお腹の子が心配になってきていた。

寝室で医者に、生理周期や性交渉の時期など恥ずかしいことをいろいろ聞かれてしまったが、本当のことを知るためにはちゃんと答えるしかない。

「リディ様は妊娠されていて、おそらく出産は今年の十一月になることでしょう」

具体的な月まで言われ、リディはすごい衝撃を受けた。

――本当だったなんて！

リディは自身の腹に手を伸ばす。

――ここに、ローランの赤ちゃんが？

そのとき「どういうことだ？」という不機嫌そうな声がしてリディが振り返ると、公爵の寝室と繋がっている扉の近くにローランが立っていた。

「じっと横になっていないと傷口が開くのでしょう⁉　エドモン、今度はローラン様のお医者様を呼んでいらして」

「すぐにお連れしてきます」

と、エドモンが踵を返したのに合わせて医者も去っていった。

「ローラン、よかったら、このベッドで横になってください」

傷が痛んだのか彼が目を眇めた。

「事情はお話しするから、お願い。横になって。私が戻ったせいで、あなたの傷が悪化なんてしたら私、一生後悔してしまうわ」

そう言って、リディがベッドの上掛けをめくり上げるが、ローランは横になることなくベッドに座ると、立ったままのリディの腹に頬をつけた。

「君は妊娠しているのか？」

「農村に着いたときから眠気や吐き気がして……ヘンリエタ様に妊娠ではないかと言われていたのですが、私は不妊だと思い込んでいたものですから……」

「なぜ真っ先に私に告げなかったんだ？」

「だ、だって……あなた、安静にしておかないと。それに、子どもは好きじゃないって……」

ローランが顔を上げる。その目は驚きで見開かれていた。

「それは……そこらの子のことだろう！　リディの子なら……絶対可愛いに決まっている！」

「ローランも……そう思ってくれるの？」

ヘンリエタが言った通りだ。

――私、ローランのことになると、本当にすぐ不安に呑み込まれそうになる……。

ローランがリディの腹部にそっとくちづけてきた。

「君は私たちに奇跡を起こしてくれた。元気に生まれてくれれば、それだけでいい」

「ローラン……」

リディの瞳から涙があふれて止まらなくなる。

「君のお母様は今日、泣いてばかりいるぞ」

そう言って弱々しく笑ったあと、ローランがベッドに仰向けに頽れた。

「ローラン？　ローラン！　お、お医者様！」

そのときちょうど、エドモンと外科医が駆けつける。

リディは、今度は心配で涙が止まらなくなっていたが、医者によると傷は開いておらず、貧血状態で立ち上がったので一時的に倒れただけとのことだった。

エピローグ

ローランは三週間の休養で回復し、戴冠式と結婚式を同日に敢行した。

ドワイヤン伯爵家一同は、どちらの式にも参列したが、オフェリーは今日も申し訳なさそうな顔をしている。

リディが犯されそうになったのは自分のせいだと、リディに会うたびに謝ってくる。

今度はこういう本を書くとのことだ。

『妹の秘密を漏らしてしまった姉だけど、前国王があんなことをする人だなんて思ってもいなかった～今後は妹に尽くします～』

ヴィクトルはただ単に、ローランが大切にしているものを奪いたいだけで、リディが不妊だろうが、多産の家系だろうが、どのみち理由をつけて犯そうとしたことだろう。

――だから、元のお姉様に戻っていいのに……。

オフェリーのような陽の化身は人の悪意に無防備なので、狡猾(こうかつ)なヴィクトルからしたらリディの秘密を引き出すなど、容易(たやす)いことだっただろう。

実際、ヴィクトルはオフェリーにワインを飲ませたうえで、こうかまをかけたそうだ。

『弟が、結婚しても子ができないから安心しろと言ってくるのだが、なぜそんな女と結婚するのだろうね？』

それを聞いて、国王がすでに事情を知っていると勘違いしたオフェリーはこう返した。

『逆ですわ。不妊だろうがなんだろうが結婚したいと思えるぐらいリディのことを愛していらっしゃるのです』

それを聞いてリディはむしろうれしい気持ちになった。オフェリーは嫉妬しつつも、リディの結婚を肯定してくれていたのだ。

ローランは国王としてやるべきことが山積みだったが、ありがたいことに王宮というところは国王の執務と生活が一体化した場所なので、休息や食事の時間は王妃（リディ）とともに過ごすことができ、彼女が寂しくなることはなかった。

結婚七ヶ月目の秋、リディは無事、王太子を出産する。


第一子アルフォンスが生まれて三ヶ月経ったとき、リディはローランに、フォートレル公爵領の城に三日ほど滞在しようと誘われる。国王になっても、この公爵位は彼のもので、もし、第二王子が生まれたら、その子の領地になるだろう。

それで、リディに見せようとしているのだ。

——なんて、私が勝手に推測しているだけ。

今のところ、リディが第二子を妊娠している可能性はゼロだ。

というのも、リディの妊娠がわかってから、ローランは一度もリディを抱こうとしなかった。ただ、会うたびに甘い言葉やキスをくれたので不安になることはなかった。

——でも、もう出産から三ヶ月も経ったのに……。

リディの躰を大事にしてくれるのはありがたいが、結婚前、ひと夜に何度も求められたことを思い出すと少し寂しい気もする。

そして今日、リディは出産以来初めて赤子のアルフォンスと離れ、ローランとともに公爵領の城を訪れた。

元離宮なだけあって荘厳な建物だった。白い壁は雪に照らされて輝き、優雅な曲線を描くエメラルドグリーンの屋根には黄金が装飾されていた。

——なんて幻想的な建物なの。

リディはローランに連れられ、三階のバルコニーへと出る。陽の光が降り注ぎ、寒くはないが、ふたりの息は白かった。

遠く青い空のもと、雪の冠を頂いた山々が白く輝いている。

「雪の日に、リディが歩いて公爵邸（うち）に来てから、一年半も経ってないなんて信じられないな」

「私もよ。あまりに激動すぎて」

あのとき公爵と伯爵令嬢だったふたりは、今や国王と王妃で、しかも王太子までいるのだ。

「ずっとここに連れてきたかったんだ」

ローランが、山のふもとまで広がる畑を指差す。

「公爵領の農地を君に任せたいと思っている」

リディは、驚きのあまり「ふえっ」と、間抜けな声を上げてしまう。

彼がリディの腰に手を回して、微笑を向けてきた。

「ドワイヤン伯爵領は、さらに収穫量を上げたそうじゃないか。前年比は？」

「一二一％です」

リディは即答した。

「伯爵領全体に広げたっていうのに、去年の五つの農園の伸び率一一二％から九ポイントも上げたのか」

「いやだわ。あのときの自慢、覚えていたのね」

「今年のバルビゼ農園の伸び率はそんなもんじゃないだろう？」

リディは胸を張った。

「一三二％です。昨年、収穫量が上がったことで皆が私を信用してくれて、農地全てに乾燥対策を取り入れてくれたうえに、乾燥に強い新種も試してくださったので」

「妊娠中、農地に行けない代わりに現地に管理人を立ててうまくいったんだろう？　公爵領（ここ）でも君はそういうアドバイザー的な位置づけで、伯爵領で成功したことをどんどん取り入れていってくれないか」

「ローラン、いいの……？」

感激のあまり、喉もとまで熱いものが込み上げてくる。

――ローランとアルがいて……これ以上の幸せなんてないと思っていたのに。

そのとき、なぜかローランが小さく首を振った。

「許可を求めるのはよせ。私は公爵領の主として君の実績を認めて仕事の依頼をしているんだ。この仕事、受けてくれるね？」

リディは、ごくりと唾を飲み込む。

「はい。やらせてください。必ずや収穫量を上げてみせます」

彼が満足げに口角を上げた。

「これは頼もしい。夫としては、君には何も諦めてほしくないんだ」

真剣な眼差しを向けられ、気づけばリディは彼に抱きついていた。

「ローラン、うれしい。私、また農園にプレゼントを持っていきたいわ」

「そのときはアルも連れていこう。あの子にも葉っぱの水車を作ってあげてくれ」

「そうね。水の流れで回るところをアルに見せてあげたいわ」

「それは楽しみだ」

そう言って彼がリディを抱き上げると、鼻梁を傾け、くちづけてくる。

「リディ、もう躰は本調子なのか？」

「とっくに大丈夫で……ずっとあなたが欲しかった」

「そう……そうか」

ローランが照れたようにそう答えると、そのまま居室に入り、リディを縦抱きにしたまま片手で窓とカーテンを閉める。

「ここ一年、我慢したんだ。三日間ずっとベッドの上で裸になって抱き合おう」

横目でリディを見る彼の瞳に劣情が宿った。

――こんな艶めいた眼差し……久しぶり……。

ざわざわと、リディの腹の奥で何かが蠢動し始める。

「こ、こんな明るい時間も裸なの？　三日間ずっと？」

「当たり前だ。リディだって今、欲しそうな顔になったよ？　すぐに望みをかなえてやろう」

彼は寝室に移ることなく、その場でリディを壁に押しつけると、抱き上げたまま、スカートの中をまさぐり出す。パニエを外そうとしているのだ。

スカートの中で、彼の手がもぞもぞと動く。それだけでリディは下腹部をずくんと疼かせた。

しかも、ローランが胸もとの襟ぐりを噛んで引き下げてくる。露わになった乳房は襟ぐりに押し上げられ、いつもより前に張り出していた。

彼が胸の先を舌先で転がし、舌の腹で舐め上げ……と、双つの乳暈を交互に愛撫してくる。

「あっ……あぁ……んっ……ふぁ……気持ちぃ……っぁ」

あまりに久々なせいか、刺激がものすごく鮮烈に感じられ、リディは早くも喘ぎ声が止まらなくなっていた。

パニエが床に落ちると、彼が両腕で彼女の膝裏を支えて持ち上げる。

——宙に浮かんだみたい……。

リディは太ももを左右に開いた形になり、濡れた秘所が外気に触れた。

——ここ、スースーする……。

しかも、ぬめったものが乳頭を這い回っている。リディは何かにつかまらずにはいられなくて、彼の長衣(ジュストコール)を掴んで首を仰け反らせる。

「ふぁ……ああん……ふぅ」

ローランが乳頭から唇を外した。

「ずっと、君が欲しかったんだ」

と、舌なめずりしたその顔は王でも父親でもなく〝雄〟の表情で、リディは一気に官能の沼に突き落とされた。

「あ、わ……私も……」

ローランがぎゅっと抱きしめてきた。絹織物のヴェストに乳房が押しつけられてつぶれると、その先端にぎゅっと快感が集まっていく。

「……ぁあ……気持ちいぃ……いぃ」

「リディ、私のほうこそ……気持ちよすぎて……もう」

何が言いたいのか、リディはわかっていた。左右に広げられた脚の付け根に、彼の硬いものが当たっていたからだ。

「私も早く……欲しっ……くださ……ぁあ」

リディがしがみつくように、彼の背に手を回したそのとき、下穿きの裂け目から、ずぶりと深いところまで突き上げられる。

「ああ！」

弾みでリディは彼の腕から少し浮き、そして落ちたとき、自重でいつもより奥まで抉られ、躰を引きつらせて背を弓なりにしたが、背後に壁があり、後ろに倒れることはなかった。

「リディ……」

彼が全身でリディを感じ取ろうとしているかのように、ぎゅっと目を瞑り、何度も何度も突き上げてくる。そのたびに乳頭が絹地でこすられて、ひくひくと間歇的(かんけつてき)に身を震わせる。

「ローラ……んぅ……ぁあ……ふぁ……あっ……」

リディは無意識に両脚を回して彼の腰を抱きしめる。密着感がさらに高まった。

「くっ……そんなこと……されたら……」

ローランが息を乱しながら、最奥を突いた状態で形を思い出させるように押しまわしてくる。

「あ……私、もう……だ、め……」

愉悦がせり上がってきて、リディの頭に霞(かすみ)がかかっていく。

「私など、とっくにもうだめだ……！」

彼が、猛ったものをひと際強く最奥まで押し込めてきて、それをぶるりと震わせた。

腹の奥に放たれた彼の情熱は、渇いた大地が雨水を呑み込むかのように深く深く浸透していく。

リディは歓喜のあまり小さく叫び、そのまま彼にしなだれかかった。


ローランが繋がったまま寝室まで連れていってくれた。

ベッドに仰向けで下ろされ、彼の性が外れたとき喪失感を覚えてしまうぐらい、少しも離れたくなくなっている。

ローランが、頬杖(ほおづえ)を突いてリディのほうを向き、慈愛に満ちた眼差しを向けてきた。こんな目で見られたら、自分がこのまま蕩けてなくなってしまいそうだ。

「抱き上げたまますするなんて、さすがに初めてだな」

「きっと、私たち、初めてが、まだたくさんあるはずよ」

ローランがなぜか半眼になる。

「また……そんなふうに煽って……」

「だって私たち、結婚前しかこういうこと……。ねえ、ローラン。私の躰のことを思って、今まで我慢してくれていたの？」

彼がリディの鳶色の髪を指先でくるくると弄ぶ。

「ああ。無事出産してほしかったし、出産したあとは躰が弱ると聞いたからね。まあ。私ぐらいになると普段から鍛練しているから、こんな我慢、なんともない」

そのとき、ベッドの中で、ぶわっと青い花が舞う。

リディは笑いそうになったが、なんとか堪えることができた。

「……なんて強がり言って……本当は、大変だったんでしょう？」

ローランが降参とばかりに、ぱふっとベッドに身を預けて仰向けになった。

「ばれたか」

今度は、リディが頬杖を突いて彼の顔を覗き込む番だ。

「実は私、嘘を見抜く力があるの」

彼は驚くことなく、何かを思い出すように目を瞑った。

「それは薄々感じていたよ」

彼の周りに花が現れないものだから、リディはどきっとしてしまう。

「そ、それは……いつから？」

「リディはまだ六歳だったのに、蛇がいると嘘をつかれても全然信じていない様子だった」

勘がいい、ぐらいにとらえているのだろう。

――嘘の花が見えるなんて想像もしていないわよね。

でも、それでいい。

「私、最近思うの。嘘か嘘でないか見分ける力があったとしても、あまり意味のないことだって」

「どうして？」と、ローランが顔をこちらに向けてくる。

「結局、その人の本質は、自分の目で見て理解するしかないのよ。婚約発表の王宮舞踏会のとき、私の気持ちがわかるって言ってくださったでしょう？　私も微笑を浮かべているあなたの心が沈んでいること、わかったもの」

ローランが、当時を思い出すような遠い目をした。

「……好きだから、もっと君のことを知りたい、わかりたいと思っていたからね。君も？」

「私はわからないことだらけで……でも、あのとき、初めてあなたの気持ちが伝わってきたの。いつの間にか愛していたのね」

「ならリディ、私が今、何を思っているかわかる？」

こんな愛情を試すような質問をするなんて子どもみたいだ。

「わかるわよ。妻の躰を慮(おもんぱか)って、今まで我慢した分、妻とたくさんしたいと思っている」

ローランが苦笑した。

「それは……ほぼ私が言ったことだろう？」

「なら、ローランは？　私の気持ち、わかる？」

「そうだな……。明るいところで裸になるのは少し恥ずかしいけど、素敵な夫と三日三晩愛し合いたいと思っている」

「それ、あなたが提案したことじゃない。……でも、当たり。あなたのことをもっと知りたいから、いっぱいくっついていたいの」

リディがローランに抱きつくと、彼が頭を撫でてくる。

「……君はいつも私の深いところに切り込んでくる」

「いつも？」

リディが顔を向けると、ローランが目を細めた。

「ああ。最初に会ったときから」

「十三歳と六歳のとき？」

「そうだ。あのとき、幸せな嘘の話を聞いてわかったんだ。愛しているからそばにいたい——その気持ちが全てだって」

あとがき

この半年ほど、「嘘」について考えたときはありません。

改めて気づいたのが、私たちは相手が嘘をついているかもしれないのに、平然と人づきあいをやっていけているんだ、ということです。

嘘か嘘でないかを相手の普段の行いや表情から読み取れたつもりになって、なんとかなっています。

ただ、それはあくまで「つもり」であって、実は嘘だったと、あとになって気づくことがあります。

そんなとき「人間わからないな」となるわけです。

書く前は、「嘘がわかる」という設定にしたら誤解やすれ違いがなくなって話が作りにくくなるのでは……という懸念を抱いていたのですが、それは全くありませんでした。

その言葉に嘘が含まれているかどうかがわかるくらいでは本音にたどり着けないのです。

それに、誤認や記憶違いの場合、本人には嘘をついている自覚がないので嘘にはならない。

猫を取り返そうとしなかったローランは喜んでリディを自分に差し出す――ヴィクトル自身はそう思い込んでいるから、彼にとってそれは嘘ではない。でも、事実はといえば、ローランにとって愛猫と愛する女は全然違うわけです。

そんなわけで「結局、人を見る目を養うしかないな！」という結論に至りました。

また、「こうしたい」と思っていても自信がないと嘘になるのではないかなと思いました。

「必ず帰ってきて」と言われて、ローランは嘘の花を散らしてしまいますが、もちろんリディのもとに「帰ってきたい」。ですが、彼はクーデターを起こそうとしているわけで、何が起こるかわからない。だから「必ず」とつけられて、それを肯定したら嘘になるとジャッジしました。

ただ、嘘か嘘でないかがわかるヒロインの場合、「口では愛しているって言いつつ、どうせ私のことなんか好きじゃないんでしょ」みたいなうじうじした悩みが生じないので、話を進めやすかったです。


さて、私、小説なるものを書き始めてちょうど十年目です。

原稿用紙二、三枚を、高校生のときに一本、あと、就活の筆記試験とその練習で何本か書いたことがあるだけだったのに、十年前、思うところあっていきなり十何万字を書いたのです。

そのとき気づいたのが……小説ってありもしないことをあったように書くわけで、嘘に嘘を重ねる行為だということです。

原稿用紙二枚くらいなら嘘をつくのも簡単なのですが、十万字を超えると、おびただしい数の嘘が重なりあって関係しあっているうえに、何週間何ヶ月にもわたって書くものだから、一ヶ月前に書いた嘘が記憶に残っておらず……読み返したときに「ここところ矛盾してる！」と気づくことが多々あります。小説を書くにあたり、改稿が大事とはよく言われることですが、そのゆえんはここらにあるのではないでしょうか。

本作品で、うまく嘘をつき通せていることを切に願っております。（あとがきまで来たら、もう祈ることしかできません）

話変わって、本作の小ネタふたつ、いかせてください。

まず、今回のヒロインは稀発月経、つまり生理周期が長すぎることで不妊とみなされたわけですが、月経不順でも排卵をともなう場合とそうでない場合があるようで、リディは前者だったというわけです。時代設定的に、排卵の有無など調べようがないので、そのように医者に診断されても仕方ないかな、と。

知り合いに年に四、五回しか生理がなかった人がいるのですが、油断していたのか、でき婚になりました。リディのでき婚はそれにヒントをもらいました。


小ネタふたつ目。三角形の胸あて「ストマッカー」の中央に釦のあるドレスが今回出てきますが、ネットでこの画像を見かけて、これはいつか使おうと心に決めておりました。ボタンがここにあると、脱がしやすくて書きやすかったです。

ところで、私は会社員で土日祝に小説を書いており、一作書くのに数ヶ月かかります。毎週土曜、「何を書いてたんだっけ？」と先週の記憶を手繰り寄せる作業から始まり、やっとのってきたところで月曜の朝を迎え……を繰り返しながら数ヶ月間、虚構を積み上げていく作業は結構しんどいことだったりしますが、最後にご褒美があります。

そう、イラストです！

天路ゆうつづ先生、素晴らしいイラストをありがとうございました！

大人の余裕を感じさせるローラン、すごくかっこいいです！　リディはとても愛らしくて、でも、
自分の魅力に無自覚な感じで、これならローランも惚れてまうやろ〜と思いました！


散漫な文章になってしまいましたが、またどこかでお会いできるとうれしいです。

藍井恵

ガブリエラブックスをお買い上げいただきありがとうございます。
藍井 恵先生・天路ゆうつづ先生へのファンレターはこちらへお送りください。

〒110-0016　東京都台東区台東4-27-5（株）メディアソフト
ガブリエラブックス編集部気付 藍井 恵先生／天路ゆうつづ先生 宛

MGB-123

嘘の花が見える地味令嬢はひっそり生きたいのに、嘘つき公爵の求婚が激しすぎる

2024年10月15日 第1刷発行

著者	藍井 恵（あいい めぐみ）
装画	天路ゆうつづ（あまじ）
発行人	沢城了
発行	株式会社メディアソフト 〒110-0016 東京都台東区台東4-27-5 TEL：03-5688-7559　FAX：03-5688-3512 https://www.media-soft.biz/
発売	株式会社三交社 〒110-0015 東京都台東区東上野1-7-15 ヒューリック東上野一丁目ビル３階 TEL：03-5826-4424　FAX：03-5826-4425 https://www.sanko-sha.com/
印刷	中央精版印刷株式会社
フォーマットデザイン	小石川ふに（deconeco）
装丁	吉野知栄（CoCo.Design）

ISBN 978-4-8155-4349-5